像一支刚削开头的
红铅笔那样
义无反顾的开始成长

一九九四年六月一日于宁夏海原县第二小学

张晋明 摄

胜父的心跳

乙未年蜀先宠书

张戈 著

黄河出版传媒集团
宁夏人民出版社

图书在版编目（ＣＩＰ）数据

听火的心跳/ 张戈著. — 银川：宁夏人民出版社，
2015.12（2023.8重印）

ISBN 978-7-227-06262-2

Ⅰ.①听… Ⅱ.①张… Ⅲ.①诗集—中国—当代②诗歌评论—中国—当代—文集 Ⅳ.①I227②I207.22-53

中国版本图书馆CIP数据核字（2016）第005445号

听火的心跳

张 戈 著

责任编辑　姚小云
封面设计　婳　婳
责任印制　侯　俊

黄河出版传媒集团
宁夏人民出版社　出版发行

出 版 人　薛文斌
地　　址　银川市北京东路139号出版大厦（750001）
网　　址　www.yrpubm.com
网上书店　www.hh-book.com
电子信箱　nxrmcbs@126.com
邮购电话　0951-5052104　5052106
经　　销　全国新华书店
印刷装订　三河市嵩川印刷有限公司
印刷委托书号（宁）0027091

开　　本　880mm×1230mm　1/16
印　　张　6.625
字　　数　150 千字
版　　次　2016年1月第1版
印　　次　2023年8月第2次印刷
书　　号　ISBN 978-7-227-06262-2
定　　价　36.00元

序一　剑胆琴心积学储宝

武和平

　　写诗，在于运用诗化的语境言志抒怀。有感而发未必是诗，日常话语也不是诗，华丽文辞的堆砌更非是诗，"为觅新诗强说愁"，为写诗而写诗，肯定不会是一首好诗。诗必有内在的艺术元素，即节奏、逻辑、音律之美，读之朗朗上口，品之有优雅之韵，是为基础。然而好诗，更需凝词练句，富于哲理，具有诗化的意境。或天风海雨，激荡壮怀，或兰亭晓月，思绪扶疏。更高的诗境，应为诗人心声意化，胸藏锦绣，奔涌激荡，不管写宇宙世界、人间万象，耳得之为声，目遇之成色，心动之成相，便可佳句迭出，慷慨抒怀，放牧灵感，追逐记忆，捕捉人生思想壮美。

　　而欲要诗文之美，必有心灵之美，才能最终"预留给读者通道"，形成同频共鸣。我友张戈，消防干警，从大漠孤烟直的西北而来，常赴解民于水火的一线，时代风云中张弓搭箭，犹如雕穿云际，本身就是一幅摄人心魄的画卷，他又兼爱诗作，犹如风花雪月面对血与火，读他的诗《听火的心跳》，你更能懂得勇赴灾难，以身犯险的消防队伍的可歌可泣，更加理解和平时期燃烧于内心的青春与理想，男儿有诗也有泪，有苦亦有乐，虽烦恼惆怅，交织期待、希望，最终如同火中的凤凰，涅槃起翔。"军号的一角就足够 / 把梦里的故乡叠起放好"《棉被磨人》；"水枪好比橡皮擦 / 拭净每一张笑脸 / 还原每一个黎明"《水枪好比橡皮擦》；"因为诚实 / 注定遭遇累世的枪击、诽谤"《乌鸦》；"是谁失手打翻了茶杯 / 浸黄了至少一半世界"《秋》；"眨眼的工夫 / 路旁的树就绿过了头"《深南大道》；"狗熊吐了满嘴的牙 / 恨恨地笑 / 心里说：胖子，你猜会发生什么 / 要是我被放出来"《动物园》。

诗中你能听到军人的威武、阳刚的心跳，大气磅礴、势吞山海的咏叹，如饮烈酒、荡气回肠的豪歌，更多的还有饮啜浓茶、回味隽永的柔情意趣，这其中是身披橄榄绿的诗人十五载风雨兼程的忠实写照，凝聚并绽放着他内心深处的忠诚、挚爱与坚守。你能感觉到，诗人在凝神聚气，向更高的诗境攀登，从而超越自我。于是，在诗集出版之际，作为一个老警诗友，很想给年轻诗人送一段话语并与之共勉：积学以储宝，酌理以富才，研阅以穷照，驯致以绎辞。此为"文心雕龙"之语，其意为积累知识以储备自己的财产，明辨事理以丰富自己的才识，体验生活以提高观察的能力，顺应感情以演绎美妙的文辞。

故曰：意逐云天霞似火，弓如满月臂执戈，锲而不舍攀心路，奇峰搜尽方为歌。是为序。

二〇一五年五月廿四日夜

序二　炽热的追求和丰盈的呐喊

李建军

张戈的诗集《听火的心跳》已发来多时。

每次翻阅它，心中都会有莫名的感动。其间，他嘱我作序，言辞诚恳而殷切，这让我在悠游赏读之余，平添了几分紧张和惶恐。紧张因其为张戈第一部结集出版的诗集，恭受重任，其意义不言而喻；惶恐因自忖修为浅薄，写序又是头一遭，怕不得要领，难孚所望。但以我和张戈十余年的师生情，以这本揳入他生命的诗集，我知道我应该说些什么。可这"知道"却反而成了我的心结和负担，不知从何说起，一次次提笔，又一遍遍放下。

直到最近参加一个聚会，我忽然有了灵感和冲动，也决定借此偿还数月来的"心债"。师友聚会，难免在大学和当下光景间来回穿越，忆当年，话现在。不知是谁谈起了当年的理想，提及穆旦的诗句："为理想而痛苦并不可怕，可怕的是看它终于成笑谈"，一时间引来片片感慨和唏嘘。我理解这种感慨背后的选择和无奈：在现实和理想之间，似乎永远横亘着无形的墙，很难找到来去自如的出口。芸芸众生，柴米油盐酱醋茶永远是生活的底色，为现实而放逐理想成了许多人的生活逻辑。于是，低头看路，经营生计的人越来越多；仰望星空，让心飞翔的人越来越少。……在那样热闹的场合，这种思绪的翻飞，使张戈和他的诗与我不期而遇，变得越来越清晰。

也许，上述"灵感"与张戈的诗集貌似并无半点直接关系。但在我看来，它实际构成了张戈诗歌创作以及阅读其诗歌不可忽视的历史语境：在当下如波德里亚所言的"消费社会"语境中，物欲主义价值观和世俗化思维正蔽日遮天，而前工业时代"悠然见南山"的诗意则无处容身，文学的处境日见窘迫，逐渐被边缘化。我们似乎正走进黄子平先生所说的"再蒙昧时代"，而荷尔德林提出的"在这贫乏的时代，诗人何为？"的问题已成为中国文学艰难面对的问题。在这样的时代，张戈及其《听火的心跳》的存在，恰好为"诗人何为"这一问题做了充分的注解和说明。

在此，我无意给张戈及其诗歌强加浓郁的道德或意识形态色彩，我的意思是，在一个诗意渐行渐远的时代，一个不以诗歌为谋生手段的"80后"仍执着于诗——甚至还需要为此劳心、劳财去出版它，这本身就是诗的见证。并且我始终认为，在人们为诗歌的当下处境而忧虑时，要紧的不是怨怼和神伤，而是践行的沉着和态度的坚毅。因为实事求是地讲，不论在什么时代，诗歌创作注定是一项寂寞的事业，是一种身处"边缘"的"小众"叙事，它事关诗人对世界的深层观照和探询，对自我的深度省察和体认，与那些"时尚"和"流行"等公众性的认可、追捧和消费无关。因故，在这个被人称为"全面世俗化的非诗的时代"，诗人存在的终极价值和意义，正基于他对自身"边缘"定位的清醒和坚守，对自己与所处时代披肝沥胆地袒露和审视，自觉或不自觉地承传时代的印记，展拓人类的精神财富。也正因此，我敬佩张戈。从当年的校园诗人到如今披上军装的消防战士，他始终怀揣着对诗歌原初的热忱，听从内心的召唤，以对诗艺的执着和淬炼，传达着他对这变动不羁、纷扰繁华世界的经验和体认以及作为时代之子的身体之感和灵魂之音，在"变"中寻"常"，在迷思中寻渴望，在挣扎中寻光芒。作为诗人，这是张戈极让我感动的态度与品格。进而，《听火的心跳》感动我的，不仅是诗歌本身的艺术冲击和审美愉悦，更有其诗句背后熊熊燃烧的理想，安定从容的脚步以及诗意栖居的情怀。

按照孟子的说法，"颂其诗，读其书，不知其人，可乎？"所谓"知人论世""知人论文"，要完成这篇《序》，践履"序"所赋予的"推介"和"导游"职责，我有必要从我知道的张戈谈起。以此"推介"其人，至少给读者素描出作者的模糊影像，避免千人一面、张冠李戴。在此基础上，试着"导游"其文，铺石奠基，尽力拉近读者与作品的距离，以拾级而上，观景览胜。

直到现在，在我的许多同事嘴里，"张戈"这个名字仍时常被提起。尽管各人的描述和记忆不一，却有几点属于共识：笔杆子好使，发表了不少作品，诗歌居多；是本校第一个举办个人大型诗歌朗诵会的；是校史上第一个以学生身份独立承担校级大型诗歌创作的人。……在当年的校园，"张戈"这个名字确乎和"校园诗人"称号紧紧地连接在一起，并经由多种渠道和版本的演绎，使之在其不少学弟学妹那里进化成"传奇"。

而听闻张戈还在写诗并将出诗集，有同事自告奋勇地做起了我的参谋，细数其遗世超绝的"传奇"行止，对诗歌始终如一的"神圣"守望，使之与优雅纯情的诗人形象紧紧地连接在一起。我虽然尊重这种因"桃李芬芳"的大爱驱遣而产生的记忆"过滤"和"修饰"，甚至于翻阅很多《序》，我确定这也是通行格式和写作惯例之一，但我并不愿做"过度诠释"。一则，源于自己的写作态度。我一直认为，文字发自于心，诉之于情，应是带有温度的。但这种"情"仍需建立在对创作对象"真"的反映基础上。唯此，方不欺世、不欺心。二则，源于我对作者的认知。就我对张戈的了解来说，一来，他从来不是那种不食人间烟火的"圣贤""隐士"，也不是纯美无瑕的"三好学生"。像大多数人一样，有他的二素三荤——出人头地的成功渴望，怀才不遇的苦闷怨愤，潇洒轻逸的世俗追求。因之，他那时才会有"遭遇累世的枪击、诽谤"后报以的"尖锐愤怒的呐喊"；会因为"痛恨听没有见地的课程"而偶尔"逃课"。二来，诗歌固然是他的挚爱和理想，但绝不是唯一。譬如，虽不胜酒力，却义勇好酒；虽痛怕爱之"离别"，却始终憧憬着遭遇"青杏"似的爱情和"公主"般女孩。甚至，读书时他还开过餐馆，以一种似乎与诗歌隔绝的方式存在。

　　说这些，我丝毫没有"飞短流长"以"浇心中块垒"的怪癖，更没有为自己的书写方式辩护的意愿。我借此想说的是，以作者而论，我虽然确信张戈身上有较常人为异的"传奇"因子，也雅不欲将其升华成那种对诗歌葆有单纯"朝圣"心态的"信徒"，更不想用"使命"和"信念"等具有崇高大义将其装扮和绑架。在我看来，诗歌于他，除了积年所形成的思考和写作习惯，更多的是一种情感表达和记忆留存的方式，是一种超越个体存在的内在需要，就像人们珍惜自由、渴望幸福一样。于是，与其说他始终以诗歌为"理想"，毋宁说诗歌是他实现自己"理想"的最好武器；以作品而论，《听火的心跳》不仅闪烁着他纯真的理想和信念，更真实地刻印着他成长的轨迹，记述着他的欢乐、忧愁、烦恼、惆怅、感动、期待……里面的九十三首诗歌始终清晰地传达着他面对世界和人生的体验之旅以及在大时代致力于"做个忠于内心的小人物"的精神之维。承此，在某种意义上，《听火的心跳》基本不是"写"出来的，而是从血液中"流"出来的，是他生命的华章。

　　初识张戈，在2006年下半年。那年我担任其中国现代文学课教师。第一次课结束，他来找我。谈话间，我知道他来自宁夏西海固，一个据说异常贫瘠，却孕育了丰富文化内涵的地方，我曾经痴迷的张承志的《心灵史》就诞生于此。大概因为这种情结的驱使，我总试图在他身上找寻传说中西北

序

汉子的传奇因子。收获的却只有狐疑：这个外表清秀、神情冷峻、温文尔雅，说话一口一个"您"的张戈，是西海固人氏？虽然我知道这种"照猫画虎""以貌取人"的想法很可笑，但却客观上诱发了我对他的好奇心。

第二次上课时，我便有意观察他，却发现他有些心不在焉，眼神迷茫，甚至还不时自言自语。下课后，我正要找他问个所以然，他却主动来找我了。然而这次却让我猝不及防——他声音略显颤抖但却坚定地表示对我刚才的讲课内容不以为然，说我讲的东西有点小儿科，听得想打瞌睡。可以说，对于当时血气方刚的我而言，绝对是平生未曾遭遇的巨大"侮辱"和"挑衅"！所幸的是，作为教师的基本操守安妥了我的激动，让我第一次能走近他，倾听他的苦闷和期望：对于初学者讲的东西，对他来讲简单了些，他期待能听到更深层次的东西。进一步的谈话中，我肯定他是读过不少书的，且阅读量远非一般同龄人可比拟。至此，我瞬间的恼怒为激赏代替："吾爱吾师，吾更爱真理"，这不正是新文学极其宝贵的怀疑精神吗？即便如此，我还是请他理解其他同学的阶段性知识接受特点，需要循序渐进，但也答应今后尽可能创造条件和他进行更深入的交流。

这件事让我牢牢记住了"张戈"这个名字。

此后的上课中，我有意加大了互动的比重。他也逐渐踊跃起来，每次都争着发言，表达欲望强烈。虽然对一些问题的了解还不深，所论也属于那种才子型的即兴感想，但却敢于表达，有自己的思考和判断，更有极强的语言感染力，很多时候都能赢得同学的阵阵掌声。而每次课间休息，他基本都来找我。谈话的内容起初是对课堂涉及内容的探讨——就此已让我感佩于他强烈的求知渴望，慢慢地便延及更广阔的领域——文学、历史、哲学等。

在逐渐熟稔起来后，我才渐渐知道张戈在学校的"文名"，并开始仔细打量起他来：单纯而自信，耿直而率性，好读书，喜写作，有梦想的"80后"。从初中时候起，当很多同龄人还在为学习任务重、玩耍时间不足而苦恼时，他便抱着对文学淳朴而"狂热"的"爱"，不带任何功利心地迷于阅读和写作，并发表了不少作品。还做过文学社社长，入了党，可算是"年少得志"。进入大学，他的这一习惯得以延续，大量的时间都在读书和与此有关的交流上，写作热情更是"高涨"。为此，他常失了同伴们一起"happy"的邀请，还不时陷入"独乐乐"的"癫狂"状态——自顾与"灵感"为伴，与"猫头鹰"为伍，一次次地独坐冥想，挑灯夜战。因为这份勤奋和执着，他不仅成为院记者站的顶梁柱，还担任了校青春诗社社长，甚至还经常能"享受"到一般同学享受不到的"礼遇"，譬如说，学校要创作一首集中反映大学精神的巨型诗歌，这一任务以往通常都会找专业教师组成创作组来完成，2007年却终由他独立完成，算是破天荒之举。这便是这本诗歌集中没有收录的《大爱育人颂》。

但因此，他也不时遭到一些同学的误会，认为他"爱出风头"，性格"桀骜孤高"，近乎有些"装"，不大喜欢和大家"打成一片"。加之他行事较有主见，喜欢创新，说话直接，若无充分的理由，不肯轻易地"迁就"或"投降"。也因此被某些拥有些"威权"的同学视为"特立独行"，"自由主义"气息浓郁，进而采取了一些"手段"来抵制或排挤他。这也着实让他有些烦恼和无奈。

这生活当中的碎碎"烦恼"，他从未和我直接谈起，我仍能在与其交谈或邮件往来中隐约感知。虽然不知上下文，却品出了其中几分悲怆的味道。《乌鸦》似乎暗藏着对这种"烦恼"的思考和回应。在诗中，他借"乌鸦"这一被常人"视作不祥"之物自况，诉说它"因为诚实，注定遭遇累世的枪击、诽谤"。这种心态甚至诱发了他的彷徨和犹豫，"竟感觉执着好似，一次次冒险下注的赌局"（《唇语》）。

说实话，这些话从一个80后口中说出，它给我的第一感觉是"青春期症候"的显现，即不少青年在阅世不深的情况下，经由荷尔蒙的催化作用，很容易将其所经历的事件幻化并放大，从而进入一种"为赋新诗强说愁"的状态。

但以我对张戈的了解，这种"烦恼"在很大程度上不大可能来自于现实生活中遭遇到这些小小的摩擦和不如意，那些事情充其量只能算是"茶杯里的风波"，不值一提。进一步说，尽管在大多数人看来，诗人一般都具有较为敏感的神经，但就张戈而言，若这种"敏感"落实于其日常人际交往中的话，那将如冰心所言，"墙角的花儿，你孤芳自赏的时候，天地就小了"。如此，张戈的社交天地自然就逼仄了。而现实中的张戈，为人热情、仗义，朋友圈也很广——不仅有本班的，还有许多外院系、外单位的，甚至有不少像我这样的教师。他爱打篮球、会乐器，对公益活动有热情，社交能力也强。

因此，我推测他的"烦恼"只能是来自于内心深处某种律动，某种不满和期待。用他自己的话来说，"我愿意承认这种在我生活中存在的不饱和与遭遇感动时候那种想抵制的情绪"。很显然，这已经非"为赋新诗强说愁"所能对仗，而是一种更为深刻的精神气质了。

顺着这种思路，以至于我几次都曾浮想：在一个喧闹的party，周遭是嘈杂的声音和劲舞的旋律，还有站在舞池中央寂寞的张戈。这种在人群之中感受到的"寂寞"，实在是莫大而深切的"寂寞"。

基于此，如果要寻找到一个恰如其分的词来修饰这种"寂寞"的话，我想莫如"孤独"。和"寂寞"所不同的是，"寂寞"可寓于言表，形之于外，而"孤独"却像地球的地心，深藏于内心某个最隐秘的角落，它专属于"自我"，可意会而难以言传。

记得台湾的美学大家蒋勋曾写过一本专讲"孤独"的书，叫《孤独六讲》。他把孤独分为六种，分别为残酷青春里的情欲孤独、众声喧哗却无人肯听的语言孤独、始于踌躇满志终于落寞虚无的革命孤独、潜藏于人性内在本质的暴力孤独、不可思议的思维孤独和以爱的名义捆缚与被捆缚的伦理孤独。蒋勋先生的概括不可谓不周全，若以此观照张戈彼时的心态，似乎也不难依声寻句。但在我却又有难处，难在"孤独"本身的无法倾诉和直译——而我也的确未能从与张戈的相处中明悉。只在其诗文中，我隐微而真切地感知着他的"孤独"——

它或者源自于对真善美的真挚追求，对社会纷扰的深层思考，对本心良知的顽固坚守以及对认同、理解的强烈渴望。

进一步地阅读其诗，我推论这种"孤独"更大的可能源自于他对"现实"某种程度上的"抗拒"和内心对"纯粹"的"执拗"。正是这两种声音所构成的紧张拉扯着他，使他陷于"两难"的写作困境中。在一个躁动的年代，屈从现实，则意味着将内心包裹起来，使之"默默忍耐绝望"（《没有飞星的夜晚》）。

而退守本心，追逐内心的"纯粹"和纯真的梦想，则在心灵"敞开"的同时，必须直面现实与内心的艰难对话和激烈碰撞，甚至需要对自我进行深刻的省视和审判，像鲁迅所说的"抉心自食"，如此才能进抵精神的荒原。但这又意味着将自己置于无形的压力、矛盾和问题中，赢得的只能是"丰富的痛苦"。

张戈的"孤独"显然属于后者。用爱德华·萨义德的话来说，在现实中，诗人很难找到"家"的感觉，更多感受到的是"格格不入"。而这种源于对"纯粹"的追求而产生的"格格不入"，便不仅仅属于张戈，亦是古往今来诗人们普遍面对的一种写作状态，近乎可说是众多诗人的"缘起"。用梁宗岱的话来讲，"一个真正的诗人永远是'绝对'与'纯粹'底追求者，企图去创造一些现世所未有或已有而未达到完美的东西"。

"宁向一句诗下跪，不为五斗米折腰"。这是我读出的张戈，他的姿态、立场和信念。即便相信自己是一只蚂蚁，也不信尘世的宿命，坚定地踏上那远方的行旅；即便相信自己是一只黄雀，也要顽强地飞翔，期待着雄鹰似的云霄。不管昨天、今天还是明天，他都不在乎"脸上写满露水还是尘埃"，"天空挂满雨雪抑或风霜"，坚定地行走在自己的路上。

我一次次地咀嚼着这样的文字，它们诚实、坚定而有力量，不仅是张戈作为诗人姿态的彰显，更像是一团烈火，一种具有灵魂性质的表白和绝对意义的拷问，刺穿着这个消费时代的浓浓雾霾。"立场"既定，那么，接下来便是如何"选择"的问题了。就此而言，一如古往今来的诗人们所艰难面对的，要么选择"火"和"剑"，做一个"这个世界上最强有力"（易卜生语）的孤独者，以此劈开蛮荒，反抗绝望，"把带血的头颅／放在生命的天平上／让所有苟活者／失去了重量"（张志新语）；要么，选择消极避世，刻意保持与火热现实的距离，反身退回至艺术的阴凉中，相信"墨水的诚实甚于热血"（约瑟夫·布罗茨基语）。……而不论何种选择，我相信都必然是理性痛思之后的"觉后禅"。

对张戈来说，或许因为年轻，他对自我的选择还缺乏理性的思考，但这丝毫不妨碍我从其诗文中读出理性的深度。在我看来，一方面，他选择了对世俗的现实说"不"，有似食指、北岛式的"拒绝的美学"，以此来宣誓主体的自由意志——"宁被视作不祥，驻扎在营养贫瘠的高处，宣布他们看到的可怕景象"（《乌鸦》）。这其中，诗人的"勇气""责任"和"担当"意识得以凸显，而一种"英雄"般的理想主义情怀也每每跃然纸上。另一方面，在"拒绝"的同时，他似乎又意识到，活在当下，反抗不仅意味着牺牲，也意味着放弃与这个世界"对话"与"和解"的可能。然而，在一个平和的年代，这种"反

序

抗"不仅代价昂贵，有时也近乎堂吉诃德式的"可笑"，更缺乏诗歌的智慧。张戈显然无意于这种绝对性的战斗。因此，在表达与现实的激烈冲撞时，他选择了退一步的"保护性"战略，即借助于对诗歌本身的执着，以此获取前行的动力，化解冲撞的强度，并平复内心的焦灼和忧伤。

《一颗不肯媚俗的心》可以说明这一问题。

　　　我吃了　一个　两个　三个苹果

　　　怎么可能，我把辉煌留到明天

　　　我承认有的时候

　　　我不会像你们想象的那样正常

　　　于是我的棉花糖被如此迂回地放逐

　　　于是我顶着铁屋子上路

　　　我踩着满地的畅销书

　　　吵闹的剧场影子只留在自己的诗行旁

　　　当盲鸟们的喧嚣遮蔽了整个天空

　　　我仍然撇撇嘴　不去看那些和西风辩论的人的模样

　　诗一开始便喻示了行动和现实的"格格不入"，并指向自我内心的风暴——对"辉煌"的渴望和对"明天"的焦虑。在这种"焦虑"背后，隐藏的是现实中感受到的无所不在的痛苦和压抑以及与此相伴的清醒认知和决绝抗拒——"我吃了一个、两个、三个苹果"彰显出行动的坚决，"不会"和"不去"则昭示着永不妥协的精神立场。诗人明知现实中有着种种"不可能"，自己"棉花糖"式的理想也随时可能遭遇被"放逐"的危机，但既然厌倦了这个充斥着"满地的畅销书"和"吵闹的剧场"的时代，也不希望随波逐流，放弃自我，做喧嚣时代的又一只"盲鸟"，于是，他宁肯像鲁迅一样，选择做这个时代的"异类"和"孤独者"，直面如墨的现实，"顶着铁屋子上路"，将"影子只留在自己的诗行旁"。读着这样的诗句，我渐渐嗅到了西海固的味道，感觉他像西海固耐旱的榆树，不择地势，不畏酷暑和严寒，把根牢牢地往深处扎，顽强地追寻着存在的意义，等待着生命的绽放。

不禁想到了加缪的话，"与其说我是一个作家，不如说我是一个随着自身的激情和忧虑而创造神话的艺术家"。加缪所言，道出了诗歌写作的某种本质。张戈所致力于的，不正是这种"神话"的创作吗？

尽管如此，在欣赏他诗中的率性、坚韧和"智慧"之余，我仍然为他的倔强、耿直和不妥协默默担忧——"为一个人我可以和整个世界决裂，为一句话我宁愿和所有人翻脸"。抛开"性格决定命运"式的个人臧否不论，以诗人而言，在一个和诗歌"格格不入"的时代，想始终保持个体的纯净，自由诗意地生活，这本身便像"棉花糖"似的"童话"。而如此昂扬、坚定的姿态，在一次次地撞击现实的时候，我着实担心他或因伤势过重而从此委顿，或因沉溺过深而难以自拔。

我相信张戈自己很早就感受到了这种"童话"的危机。

序

于是，他呈现在我们眼前的诗歌从来便并非如其所追求的那般"纯净"。在《十月》和《感觉》中，"世界从我的双眸中 / 消逝"是我读过的最落寞的词汇；《十二月的蚊子》充满了忧伤的自白。"我看到你安静地截击命运 / 或者被命运伏击 / 再来挣扎几寸时光 / 世上还有热风 / 热风不属于你"；甚至在本应期待温暖缠绵的爱情诗篇中，在《离别，请别说再见》《蝶恋花》《香蕉和苹果》《阵雨》《诉说》《分手是个形容词》《一太孤单了》等诗篇中，"离别""离开"的幽灵一次次占线，成为了高频词。"自古多情伤别离"，我只能说，"离别"忧虑仍根源于爱的"纯粹"。而恋人的手愈是握得紧，愈怕松开……在一系列的拷问、撕扯、阵痛、晕眩、迷茫、叹息、纠结和孤独中，我仿佛看到诗人心中那团燃脂的诗歌火焰在风中摇曳。

对此，我无能为解，因为我虽然由衷地赞许诗人理想的姿态和语言的决绝，却始终无法确定这本身是否也反喻着诗人的宿命，只除了默默地感慨、鼓励和祝福。但我也知道，无须担心，因为年轻，因为信念，如他所言："能在这个年龄狂热地追求缪斯，是多么美好的事情啊！"与此相较，那看似绵密的"烦恼"不仅是他成长路上饕餮的素材，丰富着其诗歌的厚度和深度；更像是一个"助推器"，以反作用力的方式，持续闪耀着他的诗歌梦想。就像瓦尔特·本雅明在其《发达资本主义时代的抒情诗人》所说的那样："人的目光必须克服的荒漠越深，从凝视中放射出的魅力就会越强"。

张戈之后对诗歌的"坚持"大概是对此最好的回答。

彼时，我的课程虽已结束，但与他见面的机会还是有的，却仍经常能在邮箱收到他发给我的作品，以诗歌为主，并要我"指导"。我被他的这种勤奋和诚恳劲感动，更被他这种"以文敲门，人隐其后"的搞法撩起了兴趣，很多时候虽然杂事缠身，应接不暇，也不敢拂了他的热情，尽力使自己安静下来，细读他的作品，酬和往来。但说实话，虽然被他安着"指导"的名，我却实在没能起多大的"指导"作用，至多是鼓励而已。在这过程中，张戈对诗歌的"挚爱"、超强的表达欲望和不知疲倦地探索精神持续地震撼着我。

> 捡一片落叶
> 尝试追忆它枯萎的经历
> 无意间发现了它
> 灵魂深处的秘密

这些句子选自《写在昨天》，我就此读出了张戈诗歌中展示的巨大容量。对张戈而言，诗歌，它不再仅是诗人"对抗"时代贫乏和"拯救"信念理想的武器，更成为诗人留存和追索个体生命意义的通道，是其生命最后的净土和灵魂的栖居地。相对于之前所提张戈的诗歌，这首诗的"神话"和"战斗"色彩有所隐遁，更归于"平和"和"平静"，但显然更趋于"内省"和"内蕴"，更揳入内心和灵魂。

当然还有《小张的诗意生活》这类作品。"疲惫的风扇 / 我是真的同情你 / 你的转速还是那么慢 / 我请你吃饭好了 / 那么，你的嘴在哪里／先让我看看"。抛开伊沙式的解构美学不谈，这类口语化的诗歌明显异于张戈其他的诗：那些超验而又幻化的"彼岸"消失了，取而代之的是"此在"的狂欢；那种怒发冲冠的深度隐遁了，取而代之的是一种顽主似的平视目光；在诗歌与现实的关系上，剑拔弩张的抗拒消弭了，取而代之的是一种彻底的"放松"。

虽然我不敢断言张戈的这一转变是喜是忧。因为关于诗歌的写作历来众说纷纭，如"愤怒出诗人"，又如"诗到语言为止"（韩东），等等。但我确信的是，正是张戈之前具有弹性的"智慧"选择成全了他对诗歌的"坚持"，这直接落足于他对"诗歌写作"和"诗歌精神"的坚持上。借用杨炼的说法，这种"诗歌精神"是"以'诗歌'一词命名的、持续激活诗人的精神"。在一次次地直面周遭的物质主义和自身的精神困境时，张戈似乎终于发现，最好的求解方式便是如沃尔夫所说的"到自己心中去找它"（精神的故乡）。亦即通过对诗歌写作的坚持，诗歌艺术的不懈探求和延展，不断深入到生命的内核，与孤独的自我对话，并在那里完成灵魂的洗礼、与诗歌的交流和对世界的"敞开"——"把背影留给自己的那个远方／乘夜舟／去看一两朵花红"（《没有飞星的夜晚》）。

或许，张戈对此的"坚持"是在不知不觉中进行的，但这仍足以让我感到欣慰。原因在于，毋庸说在一个"诗意贫乏"的消费主义时代，即在任何时候，生活都是现实而沉重的，并非想象中的纯净和浪漫。因此，如果没有一种平常、平和的心态，不为世俗左右，在生活中寻找和发掘诗意是非常困难的。

由之想到了奥登的一句诗："诗歌不会使任何事情发生"。奥登虽然如此说，却并没有放弃写作。我想，诗歌的意义不正在于此——明知它无法改变任何事情，但坚持去写；不估高其介入现实的能量，却坚信诗歌介入人心的效用。

后来，我们的见面的机会多了起来，直接原因便是他住到了刘旭东老师家里。为了能读到刘老师家那满满一架书，起初他频频登门，继而配了钥匙，之后更索性搬着铺盖住了进去。说实话，一开始我觉得这种行为不免有些赖皮，但退而思之，就其本性和动机的"可爱"而言，却多少有些魏晋名士气了。而旭东老师显然也非常乐意与之共处，隔三岔五便约着我和姚晓龙老师去那摆龙门阵。我还记得在他家的小阳台，四人围桌而坐，沐浴着冬日的阳光，两碟瓜子，四杯清茶，一聊一整天。回想当年那种坐而论道、海阔天空的情形，至今难忘。那时，张戈还是在读的学生。而直到今天，这样谈得来的学生我再未遇到。

毕业前，张戈举办了他个人、也是学校的第一次大型个人诗歌朗诵会。朗诵会那天，我不巧在外地出差。待急急忙忙赶到，朗诵会已经开始。不知是因为那天学校演奏厅的鞋子过于拥挤、呼吸过于凝重，还是因为我无法形容的激动和专注所致，我至今不记得我那天是站着还是坐着听完的。我却至今仍清楚地记得，那次活动后，我的邮箱突然变得热闹起来，隔三岔五能收到不同名字的同学发来的各类文学作品，不仅有西海固的"榆树",还有各地的"白杨树""栎树""枣树"和"桑树"什么的。虽然我乐意看到万木向荣、百花齐放,但毫无疑问,张戈极大地增加了我和很多老师的工作量。

毕业后,张戈去了广东,后来入伍当了兵,干上了宣传工作。我心想:他从此该只有"务实"的"写作"——办公室公文和企划广告之类的,再无大写的文学和诗意的绽放了吧?

但不久,我又陆陆续续收到他的邮件。记得有一次,他很着急地找我,说有一位身患重疴的母亲,不顾医生的劝告,愿冒着生命的危险要把肚子里的孩子生下来,他很佩服这位母亲,想写点什么,希望我帮他理理思路,出出点子。尽管我知道张戈在校时便热衷于此,但时隔经年,再感受到他这份赤诚和纯真,我的兴奋仍难以言表。

2012年10月11日,我在外地出差,收到他欣喜若狂的短信:"莫言获诺贝尔文学奖了!您怎么看?"这么大的文学事件居然从他那里知道!作为所谓的"专业人士",按理我应该感到惭愧。但那一刻,我丝毫没有,满心都是骄傲!

如今,又收到张戈寄来的诗集《听火的心跳》,洋洋九十余篇,每一篇都记录着他成长的轨迹;密密数千行,每一行都承载着他坚韧而执着的呐喊。"不妨在等待中成长","默默地扎下根 / 义无反顾地开始 / 人生第二次生长"。读着如此铿锵的誓言,我除了感动,还是感动。我感动于忙碌没有稀释他的诗情,我更感动于他对生活爱得越发炽烈和真诚。

对此,我不得不感叹:经过若干年的风雨砥砺,张戈的诗变得越发纯净,心变得越发沉静。而始终未变的是,他对诗歌的钟情以及以诗求索生命、探询世界的方式，这真是诗一般的存在！

关于这一点，不需多读他后来的诗句，单看他对诗集的编辑方式便可发现：第一辑是《火样年华》——其中均是他入伍后的新作。之后的《诗意生活》《方寸之间》《所谓爱情》《尘世新响》等辑中，有些是我见过的"旧作"，有些是类似旧作的"新作"。在这一编辑体例中，我虽不敢妄自猜度作者的真实用心，但仍感觉这一编纂过程隐约是沿着事物发展的消逝方向展开的，也就是说，他把将最宝贵的留给了现在，将最珍惜的留给了远方。我这样说不仅意味着我感觉他对目前写作状态的知足和惬意，并似乎觉得他决定对那个曾经与"现实世界"关系紧张的"我"进行重新锻造和调适了——"这不正是我想要的生活／从远方的过去走向未来的远方／船沉默，信仰上升／这不正是我想要的生活"。如果真是如此，我亦不愿为他感到不舍和惋惜。因为那种曾经的状态虽然纯净而诱人，但却多少潜伏着因心理的过度虚化而陷于沉溺的危机，并极易导致写作空间的窄化，悬置甚至遮蔽对现实生活的真切感知和对社会历史的深层思考。

奥登在论叶芝晚年的诗歌曾说，"所谓诗歌才能，也就是将个人的激动向全社会敞开的能力。当诗人——也即那些具有诗歌才能的人——不再回应他所居住的这个世界时，他也就再也不能写出好诗了"。无独有偶，穆旦也说过"一个深刻的诗人的诗总是和现实相结合着的：他的概念或感觉必植根于他的社会生活的土壤中"。延伸开去，作为一个有着"诗

序

歌才能"的优秀诗人，他需要的不仅是倾听个我的真心，还有关注世界的眼睛；需要的不仅是对丑的审视，还应有美的发现；需要的不仅是仰望"天空"的感性和理想，还有驻足"大地"的理性和现实以及在二者之间保持恰当的张力和适度的平衡；需要的不仅是回忆和过去，还有前路和未来。如此，诗人的生命之树方能丰饶和长青，进而坚定地"活在当下"。而在我看来，张戈一直不乏这样的"诗歌才能"，并正行进在"优秀诗人"的路途中。

而在欣喜张戈诗一样地存在之余，我也郑重地告诫自己：看来，你没去过西海固，还是低估了榆树的顽强和力量！

拉拉杂杂说了这么多，我不得不对读者表示歉意，因为在我对往事的怀想和叙述中，虽然我一再尝试着捕捉并描摹作者那"传奇"的一鳞半爪，而当我落下笔，除了内心始终无法平息的亢奋和激动，呈现在纸上的光阴和事件依然一如既往的平静，波澜不惊，似乎远远缺乏"传奇"所需的跌宕和悬念。但我想，这"一如既往"不正是他的传奇之处吗？在一个欲望膨胀的时代，从大西北走到粤之南，从校园诗人变成消防战士，从"一段行走在赣西的西北植物"到"开始一团棉花的雕塑"，无论身处何方，他始终心怀理想，以诗相伴，持存着心底的那份执着和平静，这本身就是"传奇"。

本文最后的篇幅我把它留给《火样年华》。之所以这样做，除了上面所说的"感动"，也因为它属于张戈的"新作"，谈论它颇具有"回顾"和"小结"的便利。同时，我必须说明，一来，这种安排并不意味着我把它是看成是张戈目前诗歌中最完美或最成熟的，毋宁说因为它是张戈经历由校园诗人向消防战士这一身份转变过程中的产物，是一次全新的生命体验和诗艺的进化，充分彰显了张戈作为诗人的自觉。而这样的"转变"，对诗人及其诗歌而言都无疑具有特殊的意义。二来，这种"转变"并非直线性、单向度的"裂变"，而是一种在对以往多维诗歌艺术的萃取中完成的，可说是你中有我，我中有你。可能的区别在于它们之间的侧重点和指向不一。况且，我始终认为，所谓"一千个读者便有一千个哈姆雷特"，对诗歌艺术的评判也应持一种更为开放的"包容性"眼光，尤其在对待那些极具实验性的诗歌或常态性的诗歌的过程中。亦因此，对《火样年华》某种程度上的肯定并不意味着我对张戈其他时期或其他类型诗歌的排斥或否定。

《火样年华》共收录五首诗作，均与消防题材相关。如果使之与张戈之前的诗作比较的话，我认为这些诗绝对称得上是一个崭新的开始——尽管一直以来，张戈从未停息过对诗歌艺术的实验性探索和对自我生命的持续性拷问，其诗歌艺术亦呈现出开放性、多样化的特点，我仍然相信这次的"转变"有些非同寻常。

这一"转变"首先体现在"诗"与"思"的关系对应上。

按照海德格尔的说法，"一切冥想的思都是诗，一切创作的诗都是思。思与诗是邻居"。我把它看成是对诗与思关系的最初确定，虽然有些宽泛，却是用一种诗的语言对"诗歌何为"甚至"诗人何为"的某种确认——即当诗人坐下写诗，什么是他要做的？海德格尔认为，仅仅当我们被一股"思的气流"所激荡和缠绕时，我们方可为诗。据此，写诗本身便具有了通过"思"寻找到与世界对话的通道，为灵魂寻找栖所，进而抵达生命的澄明之境的意义。

张戈的诗中，从来不乏"思"的探求，甚至于"诗"与"思"的直接对话。在大学时写的《我的理想》中，他写道"我需要一种药品 / 在疼痛的思索中 / 拯救我支离破碎的睡眠"。在《不忘书》中，他说，"让这些汉字悬浮在 / 字台的抽屉里 / 某一天好以尖叫的力量 / 敲打我 / 麻木的神经"。在这些貌似"元诗"——以诗论诗的诗歌中，"诗"成为一种存在的证明，一种记忆的挽留，一种内心的省察，甚或被赋予了"拯救"自己的功用。而之所以要"拯救"，仍在于之前我曾谈到的诗人所向往的理想中的"纯净"和在"现实"世界感受到的"不饱和的冲动"。他说，"我承认自己 / 曾经虚构过一条河 / 一只燕子可以乘坐的船 / 一只憨厚的暖瓶"。正是这种"纯净"得难以自足的"不饱和"感撕扯并击打着他，使他感到眩晕和破碎，并生发出欲"逃离"的冲动或与之"对抗"的决心。也正因此，就像骑手寻找自己的马一样，他几乎是自然而然地找到了诗歌。用海德格尔式的语言表述，即他走向了"思"。

而在《火样年华》中，当我读到"在火样的年华 / 我的世界不是钢板一块 / 我温柔的祝福将 / 填满崎岖前路的坑洼 / 我缱绻的祈祷将 / 温暖每个疲惫的梦"（《天下了小雨》）这样的诗句时，我感受不到张戈往日的"忍受"，而是一种对光的渴望，一种对世界敞开的"明亮"，一种对透光性的语言的执着！我想说，这种"明亮"不仅与其"思"的深刻有关——

因为只有通过精神耀斑的闪亮，才能照进词语的明亮，而且与其本能地感应到诗歌对他的要求和期待有关——如莎士比亚在其《十四行诗》中所说："我的爱能在墨痕里永放光明"。这是对现实的走近，是对心中爱的发现，也是对诗歌力量的肯定。当然，我相信这是一种艰难的过程，因为一方面，他无法背叛自己一直坚持着的诗歌艺术的内在规定性，另一方面，他需要直面个体向世界的敞开的短暂阵痛和不适，将写作置于现实语境的压力下，并让语言有吸收黑暗的勇气和能量。但他做到了，通过"思"的努力和转换，他使自己与自己、自己和诗歌、自己与世界有效地融为一体，从而产生了一种从生活和实践中生长起来的新的诗学。化用海德格尔的说法，作为"诗"的"思"者，他使"思"走向了自己。

进一步说，在我看来，《火样年华》与张戈之前很多诗作的"转变"还在于，《青春的选择》这类诗仍然深入到他的生命体验中，写出了生命内蕴的秘密与真切的悸动，但又不滞留于此，他还力求在大地与天空、自我与世界之间寻找一种呼应和贯通。"你守护着别人的安宁／也总有人／为你的亲人在宁谧的夜晚／睁大警惕的眼睛"。这样的诗句的出现，使其诗歌的境界廓扩开来，更具一种诗性的光辉。它使我愈发坚信，一位诗人只有立足大地、持续追寻生命的意义并不断地向世界敞开自己，才有可能做到"诗性地栖居"。

从《青春的选择》到《棉被磨人》到《天下了小雨》，我不敢说张戈在重建自己的诗性世界，但确然看到了他正朝这个方向努力。

把梦里的故乡叠起放好

窗外惺忪的曙光

照在　那床柔软的

昨夜还盖在胸口的物质上

经年勾画过汉字、字母和方程的手

焦灼地　开始一团棉花的雕塑

　　《棉被磨人》这样的诗一次次让我感动，感动之处不在于其身份的"变化"，而在于这一"变化"暗喻着他需要在对以往生命的重新审视中，把当下生活的土地，通过诗歌将其转化为自己新的故乡——不仅是生活的，而且是精神的。

　　说实话，单从语言或修辞的层面讲，《青春的选择》等诗作并不比张戈之前的一些诗作"精致"和"漂亮"，但它却明显更真实，更内在，更感人。海子在《我所热爱的诗人——荷尔德林》中曾说，"诗歌是一场烈火，而不是修辞游戏"。在某种程度上，我赞成这种观点，只不过，我认为这种烈火应源自大地和生活，潜于内心深处，不只是诗人情感的感性言说，而且是诗人生命火焰的语言燃烧。

　　进而我认为，诗歌的选择无疑是丰富的，但真正动人的诗歌，应是一种"日常生活"的诗性言说。而这，也是我看到张戈的另一"转变"。

　　仍以《棉被磨人》为例对此予以说明。

我磨棉被　棉被磨我

让血气方刚磨平棉布褶皱

也任那针脚分明的棉布

熨平我狂跳躁动的心情

这不是我的屈服

也不是棉被的妥协

这是青春与现实世界的第一次

深入交谈

这是消防兵拿起水枪前的第一场

攻坚战

从警路上

一次温柔的颠簸

最初始的坎坷

最难忘的回忆

　　尽管整首诗歌中仍旧葆有其以往诗歌那种"不及物"的超验感觉和对永恒"彼在"的追思，但在此却显然更注重于对"及物"对象的选取，选取那些在日常生活和现实体验中更典型、妥帖而接地气的形象，使之与当下的成长体验密切相连。在诗中，诗人一改往日采取繁复的意象群刻画复杂内心的写法（关于此，可参看张戈诗集中的《我的理想》《十月》《不忘书》等篇章。借助于密集的意象群，通过不同意象之间的摩擦和碰撞，以幻象触摸世界，让我们深切体味到诗人复杂奇崛的精神空间。），紧紧抓住"棉被"这唯一却是行

序

营中的众多平凡物象之一的意象，通过诉说"我"与"棉被"之间"攻坚战"，将一名大学生向消防战士微妙的成长心路予以了简洁、生动而形象地展示，象简意丰，言近旨远。

可以说，这是从活生生的现实土壤中径直绽放的精神之花，它化繁为简，质朴自然而又如风行水上，在平静中进抵诗人的生命内宇。它借助于诗人真实体验和艺术审美的催化，在现实观照和精神仰望两个维度间架设了桥梁，完成了由日常经验向诗性体验的华丽升腾。一如海德格尔在《诗·语言·思》中所言，"此仰望穿越向上直抵天空，它仍然在下居于大地之上，此仰望跨于天空与大地之间"。

从十四岁开始写诗，经历了若干年的青春阵痛与精神高蹈，持续性地拷问、撕扯、阵痛、晕眩、迷茫、叹息、纠结和孤独，通过永不停息的诗艺求索和写作训练，加上他几乎天生的诗歌思维和语言感觉，军人张戈，终于淬炼出属于他自己的诗学——回到日常生活，于湍急的现实旋涡中，凭借诗之思和诗性语言，在向上仰望而又躬身向下的双重视域中，存留时间的容颜，生命的印记。如今，他用心封好了第一个诗歌的漂流瓶，正浮游于诗海中，等待着人们发现并开启它！

二〇一五年六月廿十日

目 录
contents

/ 第四辑 / 爱的箴言

/ 第五辑 / 尘世断响

听火的心跳

/ 第一辑 / 火样年华

青春的选择

原本你有一条
流光溢彩的街
在这个季节
像那么多人
踩着闲碎的脚步
去看一两处花红
三两处风景

然而你扎紧一身
生命的绿
和这群面容坚毅的人一起
像黎明的芳草泣露
在骄阳似火的
灰色的
水泥训练场上
汗水晶莹

默默地扎下根
义无反顾地开始
人生第二次生长

棉被磨人

军号的一角就足够
把梦里的故乡叠起放好
窗外惺忪的曙光
照在　那床柔软的
昨夜还盖在胸口的物质上
经年勾画过汉字、字母和方程的手
焦灼地　开始一团棉花的雕塑

这简直是
斗胆、冒险
或者你说
不符合科学、逻辑和常识
不是只有钢铁和白杨树
砖石筑起的长城
才拥有挺拔的魅力

怎么让那顽固的褶皱消失
怎么让那柔软的平面耸起
芝麻开门　芝麻开门

芝麻开花　芝麻开花

我磨棉被　棉被磨我

让血气方刚磨平棉布褶皱

也任那针脚分明的棉布

熨平我狂跳躁动的心情

这不是我的屈服

也不是棉被的妥协

这是青春与现实世界的第一次

深入交谈

这是消防兵拿起水枪前的第一场

攻坚战

从警路上

一次温柔的颠簸

最初始的坎坷

最难忘的回忆

水枪好比橡皮擦

谁拿棉花把天空擦得那么湛蓝
惹得飞翔的白鸽都如此流连
又是谁拿起了调色板
将乌黑和血红泼向安宁的画卷
街巷狼藉　鸽哨低回
满目疮痍证明着灾难
孩子的惊惧
一次次刺痛了母亲们的双眼

消防兵微微发颤的手
将汹涌的水流对准灾害的源头
银色的长练当空挥舞
水色的牢笼将火魔紧缚
叫飘摇的黑纱偃旗
让凌乱的火舌息鼓
呵　原来水枪好比橡皮擦
拭净每一张笑脸
还原每一个黎明和傍晚的韶华

返程的目光

电铃鼓掌
在接警出动路上
有一块肥沃的时间给你
从容淡定　忐忑不安
或者摩拳擦掌

返程的车里
被黑灰和浓烟浸过的
驯服了桀骜不羁火魔的
年轻手臂　轻轻屈起
返程的窗外
陌生的脸庞
陌生又熟悉
一张张划过
恍惚间又连成一段
故乡的剪影

你守护着别人的安宁
也总有人
为你的亲人在宁谧的夜晚
睁大警惕的眼睛

天下了小雨

天下了小雨
可我想起了你
没有月亮的夜晚是一弯淤滩
有那么一两天
你的名字牵引了我
几乎所有思索

可是我要从高空垂悬
沿着铁梯攀缘
用水枪把烟和火紧钳
驾驶奔腾的战车
直抵呼救和危难前线

我曾把一位妙龄的姑娘紧扯
带她远离轻生的悬岩
然而我该如何把你挽留
或者招一招手
没有比呼唤更柔弱的呼唤

我曾将一扇扇门破拆
用丰富的工具冲破救援阻碍

可是我该怎样朝你接近
哪怕摇一摇头
没有比惦念更执着的惦念

在火样的年华
我的世界不是钢板一块
我温柔的祝福将
填满崎岖前路的坑洼
我缱绻的祈祷将
温暖每个疲惫的梦

天下了小雨
可我想起了你
你是否在故乡的窗边
记起我这救火的少年

/第二辑/诗意生活

你

总是紧闭心扉
等待成功滋长
一次次的失意痛苦
你将漠然贴在脸上
成功与付出之间没有等号
气馁却是心仪荒凉
看着你紧握执着
想说　明天路漫长

心灵旅程

像只受伤的大雁
疲惫地扇动翅膀
出于矜持抑或牵强
离开了人字的力量
强迫自己相信天空的湛蓝和光亮
独处的日子充满忧伤
孤独地飞上不归之路
渴望真实的坚强
始终盘踞在心头的愿望
是那遥远的远方
飞翔……飞翔……

走过严冬，就是春天

别把生活的阴影埋藏在心底
别让自卑侵蚀了你的心
别像沙滩上的鱼
饮自己流下的泪解渴
整夜整夜地哭泣到天明

人生的路就是这样
有平坦　有崎岖
刚才还一马平川
没准一会儿就是满地泥泞
但仍然请你别把头低

要相信芨芨草叶上的露珠
对太阳的眷恋
要相信绿叶对根的情谊
要相信种子生长那不渝的热情
相信牵牛花一辈子向上攀缘的信心

在严冬挥发肃厉的时候

你已被污水无情地淋湿
蜷缩在世界的一隅
但请别把眼光只投在
别人的棉衣上
站起来　走过去

走过去
那边鸟语花香　春光明媚
走过去
那边的人期待着你　热情洋溢
走过去
那边有海　那边葱翠的树枝上挂满
金黄的果实
走过去

风中的歌

当冰雪开始消融
当行人的脚步踩碎寂静的黎明
当路旁震天的音响开始播放小芳
播放杜十娘

你蜷曲成石
悄无声息地守候在城市一角
属于你自己的广场
将生活的辛酸和泪水
用一双原本拓荒的手
抚下模糊的脸

麻木的　孤独的
在汽车摩托声嘶力竭的号叫中
在店铺帽子上骄傲的霓虹中
寻找自己的形体　容颜

寒冷在阳光遗忘的角落
觊觎你残烛般的呼吸

我的眼里蓄满泪水
你缓缓地
随霜雪　随这物欲横流的城市
湮灭

用卑微生命的光芒守护
人性最后一丝纯洁
无声地　哀唤一支风中的歌

诗　人

蜷缩在叹息的炉台边
用瘦长的手指搔着头
感慨生火是个大奇迹

果敢地摸出内衣兜里的硬币
以真诚的形容放到乞丐的掌心

你以冷漠的容颜和拒绝的行为
直面这个欲望汹涌的时代

我常担心你会在一声长笑中断气
担心你一夜白头或者心律不齐
怕你因为固执地冬眠
错过一个又一个春天的风景
怕听见你和缪斯擦肩后的叹息

你却站在白蝴蝶般曼舞的雪地里
忘了心跳　忘了呼吸
哪一片雪花是你灵魂的缩影

写在教师节

打开一页光彩夺目的书卷
等于打开了一篇篇清澈的蓝天

清风拂起丝丝微笑
又汇入孤寂的沙滩

将生命用白色粉末的方式挥洒
辛勤的汗水滋润了求知的双眼

在灵魂的制高点做一级扶梯
在草木葱翠的花园里躬下腰
修剪每一棵树苗

那时我们年少

那时我们年少
身边有许多不大的烦恼
我们时常仰起脸
看天上的小鸟
想　飞着真好

我们像一条条小溪
行走在春天的长廊
欣赏岸边迷人的风光
那时猩红的夕阳洒在青青的苹果上
那时袅娜的清风摇摆着依偎在玉米身旁
对一把青杏的渴望
就是我们对于未来和前途的怀想

我们在
四周荒草茂盛的那片空地上
在麦浪起伏的田野边
在漫天飞舞的斑斓的肥皂泡下
在台灯和写字台前
像一支刚削开头的
红铅笔那样
义无反顾地开始成长

文学的小屋——致石舒清先生

炉火安慰而欢欣地燃烧
映在你
奇异　却又和蔼的脸庞
屋里的每件东西都闪烁着
思索者的气息
敬仰着　不去干扰
他们向往你　安静深邃
攀登　是你的信仰
硬着头皮写下去
是你的使命

乌　鸦

流入墨夜
盘桓在天上
面对死亡
报以尖锐愤怒的呐喊

生得漆黑
却是光明坦荡
宁被视作不祥
驻扎在营养贫瘠的高处
宣布他们看到的可怕景象

因为诚实
注定遭遇累世的枪击、诽谤

羽毛球与雪花的对话

背弃天的意志来到这里
想没想过　担不担心
落到地上　你会悄然死去
被风捉弄　你生不生气
纯洁的象征　不留在天上
为何要追索平庸的结束
不想失去了你
你的父母会伤心哭泣

我想过　担不担心
与生俱来　我都要走这条路径
悄然死去　又有什么
我的灵魂会在土地里游离
被风捉弄　我并不生气
纯洁的品性不会随风逝去
不要说平庸的结束
没有向往的生活
不如失去躯体
我会想念我的父母亲

我的父母也不会伤心哭泣
他们的儿子完成了雪花的使命
　我想他们也不会哭泣
你看那绿油油的稻田里
将要浸透我
闪光的青春和如注的热情

苦恋 怀念

苦恋一把剑
苦恋童年
舞动目光聚焦的炫耀
舞动国王般的骄傲
舞动奔马般的蹒跚
舞动我已近忘却的欢笑

怀念一把剑
怀念童年
回顾妄想用泥土垒筑大厦的可笑
回顾透过枯叶看太阳的无聊
回顾企图飞翔的愿望
回顾仰望世界喊出来的高傲

苦恋一把剑　怀念童年
苦恋童年　怀念一把剑

我的理想

冰峰上　一堆木柴火　跃动着的火光
升腾青烟缕缕
盲人视线里　绚烂而芬芳的花骨朵
移动的树荫
餐桌上的面包渣　弹唱干燥的几何体

我需要一种药品
在疼痛的思索中
拯救我支离破碎的睡眠

十　月

狗的眼睛洞穿了一整个秋天
塑料质的叶子
落满了大地
在时针的呼啸声中
苍蝇在动与不动的临界线上
苦苦挣扎
田野里的老鼠
痛苦地思索泥土的芬芳

我有一张桌子
是背负天空行走的云朵
是被财迷心窍者遗失的
一枚硬币
是一颗乳牙

我在十月的耳朵里
滑入冬眠的深处
世界　从我的双眸中消失

回 家

在一个人生命接近终点的时候
我们容易忽略
这些皮肤、骨头和毛发下
覆盖的物质
忘记去猜度
一撮一撮的痛苦和
他们一捧一捧的欢乐
这其实就好像没有人去计算一条鱼
在一生中在多少公斤海水中呼吸
从多少海草、珊瑚旁游过

假如我去重走一遍
某一个人在他一辈子
走过的所有路
包括孩提时蹒跚过的软毯
青壮年奔走过的坎坷
还有中年下的坡
老年踱步而过的花朵

即便我是踩着　去零货铺子
买盐的步伐
我不知道，会在这样的行走中
收获到什么

在回家的路上
我的亲人们，步伐都是坚定的
让你感觉
目光所到之处
全是对未来的祈祷和
给予彼此的默默祝福

深邃而柔和的老人的眼神中
无法用数字去计算
用文字去形容
我在月亮即将合上眼睑的时候
问他们：请告诉我，
究竟还保留了多少炽热的追求
和丰盈的呐喊？

他们缄口不语
摆摆手
隐身到夜的幕布里

唇　语

谁说

不可以在下午时分思念夜晚

在这个炎热的季节里

膨胀的空气中飘着好多

膨胀了的谎言

在不断的行走中

路疲乏了我的脚和眼睛

竟感觉执着好似

一次次冒险下注的赌局

我贪心地思索

沉重了我的肺和脖子

在日头讪笑时

花蕾在砂石路旁盛开成蘑菇的形状

他说走吧　离开这儿

我乏力作答

眼睑是从此无法点燃的柴火
铁道边羊群的呼喊
被火车轰鸣
生生湮灭

感　觉

淡淡的夜来花香
在瞬间绽放开来
惊醒了那么多终日沉睡的人

脚是装不满香烟的烟盒
香烟自上而下燃烧

花香和烟雾努力
缭绕这个夏天
在月亮洗浴的水盆里

世界从我的双眸中
消逝

不忘书

今夜的主要内容是
白狼的瞳孔
一朵未开放完全的玫瑰花
科罗拉多大峡谷两旁浅黄色的
针叶林
鲟鱼张大的嘴巴
一条深巷
尽头处朱红色的保险柜

让这些汉字悬浮在
字台的抽屉里
某一天好以尖叫的力量
敲打我
麻木的神经

写在昨天

灰暗的太阳疲惫地升起
一如每个平庸的日子般
静静地度过　默默地放弃

近视眼看世界总是无力
日历已翻过春天的约定
莫名的恐惧仲夏杳窨雨水
企图留住冬天般
大地的沉寂
伸手　挥去

捡一片落叶
尝试追忆它枯萎的经历
无意间发现了它
灵魂深处的秘密

《命运》第五交响曲第四乐章

一个辉煌的世纪从此开启

马蹄疾走

双唇已沾湿冰凉

蓝色的火焰　红色的海水

黑暗的云朵衔着半弯月亮

荆棘丛上的脚印奏响了巨大的心音

从历史的深处流淌向远方

痛苦也有快乐的感觉

流血

流泪

波尔卡

踢踏

在雷雨结束前唱完的交响

《胡桃夹子》第二乐章

彩色玻璃
细长昏暗的甬道
长芯蜡烛银座台上灰尘忽然不再

先前迈步还是停止探险
回去的路或许已陌生如初
流水洞穿着溶洞
刹那间
一个暖洋洋的盒子开启
绚烂的华尔兹在波光中流转

热情让人迷茫
迷茫却不让人失望
纯洁的追求中
不妨把过去怀想
承受
在等待中吟唱

动物园

搭构那网状铁笼的根根钢筋之间的
距离　恰好小于
一颗向往自由的心
放飞的宽度

在游客的笑骂声中
老虎和狮子咽下了一口憔悴

据说父母亲常带自己的儿子来此处练胆
于两个世界的交割处
叉腰　扬拳

一个大腹便便的大款
在众人面前表演
如何用火腿肠包石头子馅的馅饼
狗熊吐了满嘴的牙　恨恨地笑
心里说：胖子，你猜会发生什么
要是我被放出来？

动物们用脱毛的方式脱下
思乡的奢望
却又在眺望中
负起了回家的重重行囊

装眼泪的瓶子

这是不是意味着
我要把眼睛放进一段或者两段最不堪的日子里

你的出现让熟悉失去了颜色
让昨天变得遥远而陌生

哪些鱼儿没有生就飞翔的翅膀
就好像夏天过去仍然没有盛开的青草

这是我说话的一贯方式：
偏偏那个时候，你去了哪里？

我会把思念寄给高高的麦垛
毛线手套　棉花糖
蓝色的短袖衫　燕子和番茄的脊背

而不是
女孩决绝的背影
成绩通知单

粉刺　流苏
西服　短发
不是你
装眼泪的瓶子

秋

是谁失手打翻了茶杯
浸黄了至少一半儿世界

那些皇帝们挥剑划出的声声铁蹄
要在粒粒尘沙上雕刻海拔

还在不停走。人们说:
立了秋,叶便枯,花便败了……

又是谁惦念月上人,拿团棉花
擦月亮。不觉间,
干净了一大块天

英 雄

一

总想象他铜拳铁臂
吼一声魑魅逃遁
从来不食人间烟火
亦无凡人七情六欲

每当纷纷扬扬的雪花
纷纷扬扬地落下
他负着剑
走在孤独之巅

从来是沉默
胸腔的热血却无法冷却

二

入夜
风来

行走在月下森林

沙沙的脚步声

给静谧笼上了一层诡异

随时可能迷失方向

因为瞬间的迷离

脚下的路没有止境

心力已是很疲惫

多想说声　我好怕黑

多想说声　真的好累

只是为了实现梦想

才让燃烧的灵魂把远方的道路照亮

学会了忍受　却无法抑制热泪盈眶

三

没有人理解

你的痛

没有人知道

你的伤

没有人看见

你流的泪

只有那一片片枯叶把过去收藏

眼前悠然流过一丝迷离
在这吹风的山冈
心愫是感伤
忽冷忽热的世界
让你开始感到绝望

是打击还是诽谤
我更相信他们看你
是用异样的眼光

悲情三曲

一　坐镇伊犁

坐镇伊犁　我
心仪荒凉
如风干的牛马粪
悠悠吟唱
登高望远
看不清　故乡的模样

以心为主役
随风飘至北疆
踩裂野莽　劈开仓皇
将滚烫的岩浆　尽情喷涌
而后　只留下冰冷的皮囊
失去了人马喧腾　闹市繁街
眼前　一片苍茫

跃入冰湖
体味　体味着冰与血交融　游动

不再撷取记忆中闪光的石子
忘掉旦日叫人战栗的孤寂
诡秘乖戾的墨夜
切齿、神游、绝望、濒亡

我自悯在惨淡的月下
呓语在蜷缩的梦魇
何时到来哟
那灿烂的春光
又是一轮春华秋月
一季鹰飞……

二　汨罗江畔

淡淡地　看一眼身后
理了理撩乱的长袍
算是最后一次抗争吧
躯壳与灵魂的别离
把惆怅挥下额头
不愿停留在这血腥混沌片刻之久
选择告别生存的方式
我更愿意随水流逝
算是最后一次证明吧
千百年后的脏腑

依然能纯洁如冰
濯濯透明
在大鹏死亡
脖颈渗流出黑血染了西天的刹那活
负起身旁的青石
只轻轻一跃
留下的
是回荡于江边不屈的呐喊

三　楚氏汤镬

铸剑　是证明存在的一种方式
死亡　并不悲壮
却充满了凄凉
了解你　干将

行侠
不是对于血腥的渴望
而是出于某种莫名的想象
复仇　先要磨利齿爪
赤鼻啊　你能忘了你的生父么?

"哈哈爱兮爱呼爱呼
爱青剑兮一个仇人自屠

伙颐连翩兮有多少一夫
一夫爱青剑兮呜呼不孤"

楚氏汤镬中
三颗形容狰狞的头颅
翻滚跳跃 咬成一团
我将失去躯体的痛楚

回赠给嗜血的王
狠狠地咬住了
死死地撕扯
听到他痛苦地呻吟
我如魔头般丧心病狂
及至王的头颅被咬断
看看面容模糊的干赤鼻
投去一笑
才垂下眼皮
闭了这扇愤世嫉俗的窗
缓缓沉到楚氏汤镬的中央

/ 第三辑 / 方寸之间

甘　草

我是一段行走的西北植物
雨露和微尘迎面而来
从暮鼓到晨钟
从温暖炎夏走到清凉寒冬
我没有春华和秋实

不妨在等待中成长
我的身体里生长等待
不相信有一种叫相遇的奇迹
追索　但不热切

甘草的梦总不比夜长
甘草的昼也从不比夜短

枕边书

青蛙唱起乌鸦的民谣　在窗外
这个夜　逐渐鲜明起来

我害怕　我在老去
黎明要穿起新的衣裳

这不是一两支烟能够解决的问题
一瞬像一生那么漫长

逍 遥

春天已经像盛夏一样热
秋天的枯叶还在落

在三月的腕骨上
我额前旋转的是谣言的风车

姐姐朝这棵橡树走来
那么亲切和坦然

尘世的牵惹

我听见烟花盛开
我看见剪刀声、眼泪的笑声
蛇蜕掉过往
轻快地在草丛间滑行
白蛾子破茧
翅膀打开的一瞬

天鹅飞回来了
在问：
谁是乞丐　谁是国王

你在全世界面前笑了
虽然你的心在哭

四 行

让伤口像方才一样新鲜
等待不要像梦一样长
让树冠有了桂花香的高度
成长便远离了忧伤

小张的诗意生活

自从我改邪归正
我就去上课了

教室里很热
要是没有桌子
我的口水会流整整一地

疲惫的风扇
你饿了么　转动得如此之慢
反正实话说　我是困了

我的想象也从天上的那块云上
飘落

谁来猜猜我都在想谁　想念谁
孩子气的笑声和大人般残忍的沉默

疲惫的风扇
你加油转　你吹走了我身上的汗珠

我祝你吃一餐愉快的晚饭
——你不是真的饿了吧

说话算话　男子汉大丈夫
改邪归正了就要来上课

下课了，我可以去吃个雪糕
给她发条短信说　好久不见　十分想念
女朋友回曰　一旦见面　十分讨厌

疲惫的风扇
我是真的同情你 你的转速还是那么慢
我请你吃饭好了
那么，你的嘴在哪里　先让我看看

早　晨

无数个昏睡的清晨
时光如此轻易地流逝
我何尝不想在一日之始捧起馨香的书簿
大声朗诵：慨当以慷！

但是我的梦不短我的夜又太长
我蹲在生命的炉膛下烧火
扇动褴褛衣衫　燃自己的骨
拉动着光明那只虚弱的风箱

我怕有一天
自顾卸下你们关爱的目光
只是我无法在阳光下遁形
那些脆弱的理由　发丝下的迷惘

我不在乎明天的脸上写满露水还是尘埃
我不在乎后天的天空挂满雨雪抑或风霜
爱都不怕　还会怕明亮？
早晨也在路上

热天断章

幸福像沙漏
不怕你握得再紧的手
但世界还等待被穷尽
所有适龄女性哭着将你挽留
还有充足的时间把这个世界看透
这就已经足够

在尘世

车轮碾压起的微尘
一堆嘈杂的呻吟

鱼要对着玻璃外的空气说话
泪水晶莹

在白天也要思念
面容像老路灯一样憔悴

耳朵长满绿
心里下太阳雨

一颗不肯媚俗的心

我吃了一个　两个　三个苹果
怎么可能，我把辉煌留到明天

我承认有的时候
我不会像你们想象的那样正常
于是我的棉花糖被如此迂回地放逐
于是我顶着铁屋子上路

我踩着满地的畅销书　吵闹的剧场
影子只留在自己的诗行旁

当盲鸟们的喧嚣遮蔽了整个天空
我仍然撇撇嘴　不去看那些和西风辩论的人的模样

．

没有飞星的夜晚

日子有比蓝　更寂寞的颜色
岁月走得再轻　也免不了
在瞳孔上刻下些许痕迹

只是我有
为几分欢欣而悬起的银幕
几架挡不住陨石的帐篷
心和自由都是羸弱的
谁偏偏要等待　自己的凤凰来

或是另一座城市
另一种焦距
在温暖的生活里　也要
默默忍耐绝望

在没有飞星的夜晚
把背影留给自己的那个远方
乘夜舟
去看一两朵花红
匆忙　却也从容

十五号，星期六，十四行

那些升腾又降落的微尘
我的疼痛尚且羽翼未丰
在长街的橱窗
等一群北往的雁阵

那必须是有一颗安贫的眼睛
冬天的键盘已然冰冷
城市历久的热度在谁的胸膛留言
其实，你也是一个过路的人

在青春的屋檐下
筷子夹两瓣湿润的红豆
滑进衣领的雨水
请不要离开睡眠，离开眼眶太久

到了冬天
玻璃窗上　用指头写一部史书
从野外传来鱼尾纹
就这样，我突然上了年纪

一夜不刷牙的罪孽有多大

我头顶着雨来的方向
坐在屋子里树叶如此茂密
电话亭的听筒停留在谁的呼叫和等待应答里
这里的人都是从很久以前来到今天
习惯了站在路灯下走向焰火的孤旅
这不是下一站到下下一站
你是过路的人　你不是过路的人

像番茄一样沉默
像冰激凌一样脆弱
没有一洼水深
没有一幢房子高
不知道明天的我
能否搭乘那架南瓜制马车
也许只需要一个小小奇迹
太阳后天就能苏醒

七月尾，宜春的夜很温暖

——我只有摊开我的手掌纪念远逝的青春

七月尾，宜春的夜很温暖

我像一只小蚂蚁

在低矮的水泥砖瓦丛中有一间房子

许多大雁飞过

那些黑影从我窗口划过　发出

金属刮痕横空出世的声音

第三个杀手终于会到来

早上睡去

晚上还是要苏醒

渴望一场冬雨

那些致密和冰凉的下落

和解脱联系得如此紧密

是的　我曾经梦见过宁静的水晶

可是我的手爪沾满灰尘

我徒步去探望一个索居而绝望的人

路两旁的乔木科植物会越来越拥挤

在寻找一只合适的吊针之前

一切都是徒劳的翻供

比喝下毒药　比诽谤更让人难过

必须给一个可爱的人爱别人的余地
有很多事情
在夏天来临的同时
深深地超乎之前的设想
我承认自己
曾经虚构过一条河
一只燕子可以乘坐的船
一只憨厚的暖瓶

七月尾，宜春的夜很温暖
上帝派来了殷殷的蚊子和窸窸窣窣的蟑螂
同时给了我拒绝沉默的权利
给了我站在走廊的自由
有清水
一张裹尸的草席

我的心

攥起拳头　其实你看
我的心不过就是这么大
一株热乎乎　血淋淋
为黎明而痉挛的植物

它不会说我爱你
如果我神经疲乏
我累了　血液冷却
睡着了　它都不愿意
为我哼一首甜味的夜曲

有一捧的夜晚
我心中讶异的蝴蝶为你
侵占了一片重洋　巨大的疆城
这个假设的
简短的春天
是一把期待的万能钥匙
需要方向和
云霓般的你的微笑

香蕉和苹果

可否你在转身时
让我仓皇逃走
疼痛是一份太具体的考卷
我答不出个所以然

枕头甚至都不再柔软
没有炉火的温暖

我在家　家那么遥远
可是你怎么样地来
可是你怎么样地离开

疼痛是一份太具体的考卷
我答不出个所以然

起　风

两朵花之间的缝隙
恰好有一缕风吹过
白云在奔涌呢
二月的阳光
还有从立春舒卷开的思念

这是不完整的一幅画面
比如一根玫瑰花刺
头顶着棉花的幻想
我想念红灯笼的摇曳
在萧索的马路牙子上
对我的背影伸出真诚的手

风起
那么哪两只手掌间
一片掌声在生长
每两只酒窝里绽放出
真心的赞扬
一个汉字就是一块广场

白炽灯在闪烁
玻璃杯吟吟地鸣叫
期待干枯的梦醒来
渴望水一样的乐章

消失这个东西

假如你高兴了
假如你很高兴
或者很难过　非常难过
这个时候不适合写诗

然而这一天实在需要记述
高考的结束的周年纪念
学士论文答辩的蜃影
消失这种东西在靠近

寂寞的蚂蚁爬呀爬
丘陵地的水母扇动双翼
剩下的盛夏是一碗牛肉面
吃过第一口的人要走了

电风扇已经蓬勃
雷电苏醒
消失这个东西
还有一些东西未曾消失

我没有流浪的吉他
要抛下不再生长的喑哑
昨天的一场不安
明天是眨眼的回响

味　道

一定是有一些什么东西
被我们的眼睛遗漏
在梦里它发出咸味的抱怨
你知道世如沧海
人如尘埃

打破砂锅问到底
要么学会放下
纠结再释然一辈子就这么过来
一些事就这么过去
把情绪的嗡嗡作响留在
情绪发生的地方
每天清晨我都要坦坦荡荡
不皱眉头
用心见识这个未尽的世界

深南大道

走出地铁的出口
兴奋得不愿再回头
如果通往新的世界只要一张车票
无数的美好都会专注地对你招手

然而这也是别人的站台
背负了太多的相见欢和别时愁
眨眼的工夫
路旁的树就　绿过了头

每一声叹息
前夜枕边的鼾声
踟蹰的脚步中渐渐握紧的拳头
都是这车流中溅在河岸的浪花
不在意你为了练习面对世界时
强作的笑颜
准备了很久很久

来自田野的少年双眸

没有伞和欺骗
没有闪烁的摇头拒绝
　没有疲惫地穿越
石头般的缄默
堆放在深南大道边
深南大道的路边

世界游

穿过岁月的火
点燃过你宁静的生活
脚手架的螺丝里
也嵌着一个呼吸的我

距离太冷　可是
你要在花蕊中安睡
心路是漫长
我栖居在扬尘飘荡的旋涡

雷声大作时
疾驰向滔滔洪水
步伐中有蓬勃的思索
在孤单的月光下
我也曾静静聆听呼唤
升向高高的天际
飘向云朵

不要发飙

好比一只羊经过
四棵死涩柿子树
这个下雨天我看见
四个女人并肩坐在华强北
一截铁栅栏上

她们嘴里碎碎念发票发票发票发票
这声音从她们南方口音的舌下
流淌出来　听起来像
要起义的最后通牒
发飙发飙发飙发飙
羊被这有趣的发现扯住脚步
认真地看了眼从右往左数
第四棵死涩柿子树眼里
迅速绽放出希望的余烟
发飙　她说　你要不要发飙
羊发出慈祥的笑容
摇摇头　不要发飙
这个笑容过于暧昧
羊遂放弃了挥手作别的打算

邓奇奇还是邓什么或者什么奇

这个据说亚洲最大的电子
还是什么电子产品配件
还是叫元件集散地
拉二胡的盲童被一群人圈在了路边
他的母亲双手抱臂靠着水泥墩子
开始打盹
我想地上铺着的关于这个孩子的简介
如果是晴天
喷绘布制品　化学的体臭
一定会伴随这亢奋的琴声散漫进空气

多么拙劣的一帮参赛的马匹在乱跑
这个把获奖证书影印在简介中的音乐神童手中的旋律
使我对他的神和盲同时产生了怀疑
然而这怀疑不妨碍我同其他人围成圈听这首赛马
一位孩子的母亲掏出钱币走近奉献爱心的罐子
我身边的一个秃头也摸索出钱包
我的牛仔裤的小口袋里还有买可乐剩下的五毛钱
可是一个帅哥在用他的索爱手机拍这幅场景

一曲终了　盲童　拧拧弦轴

又开始赛马　瘸马乱窜
雨水有些大了
他的母亲从迷梦中突然苏醒
我和几个人停止了围观
因为雨水有些大了
走了几步我就想我可以写一首
关于盲童和琴声的诗
可是他叫什么名字
我被琴声中的瘸马和兜里的硬币
搞晕了　写在塑料上的名字
大概叫邓奇奇　还是邓什么来着
或者什么奇

/ 第四辑 / 爱的箴言

非 梦

——读《西厢记》

这西风吹着吹着
吹在人身上
疼得紧
那叶猩红的霜叶
飘着飘着
划道弧
飘过了你我的心
黄花满地
是我提早准备的嫁衣
大雁踩着它们起飞
去南方寻找第五季
而你可知道
我这里，从来没有冬季

就让这清澈的天
化为水
从我的眼底流出
流过三千八百里的阻隔
打湿你的衣襟

离别，请别说再见

离愁　缠绕了这个春天
而你把雾撕破
桂花香苏醒了
也许　你想轻轻地笑
而你眼中若隐若现的湿润
随一池碧水的微澜
一起　悠悠地流
没有比挽留更柔弱的呼唤
没有比离别更坚强的理由

我的祝福会填满你
崎岖前路的洼坑
不管是在绿色的拂晓
还是在风雪肆虐的黄昏
我的祈祷将
温暖你每个疲惫的梦
不管是在芳草凄迷的天涯
还是在月光流荡的海角
尽管我无法在离别前

吟唱一支关于离别的歌谣
离别，请别说再见
离别的祝福都在心里
离别的回忆常在梦中
离别的语言都是重复
恍惚间回到了初逢

离别是一副没有欢乐的笑容
离别是一次轻松而沉重的挥手
离别是一种没有结局的开始
离别是一份怅然若失的礼物

亲　密

由爱故生忧
在一刻
我面对你晶莹的双眸
嘹亮了七种颜色
复活了一个未来

秋天的树叶无色斑驳
日日晴朗
偶尔有白云从窗前飘过
在这个季节的结尾处
我恳请你
永远不要用皇后般残忍的眼睛

听火的心跳

要我亲口讲你的故事

阳光涌进来
手指一动　灰尘就跟着
扬起来了

你的名字在那本
经年不用的电话簿上
熟悉的面孔
远远走来
脚下涌进
纸上的号码
还那么固执
要我亲口讲你的故事

独　白

我曾痛苦思索你走过的
雨雪　风霜

寻找亲切　是我
终生携带的哲学

有一个日子凝重
那一天开始　我不再流浪

我的生活　温暖澎湃
所以把你迎进生命的圣殿

蝶恋花

一连几夜不能睡眠
在夏天
可以有很多次相遇
然而却不能允许
比一次更多的
别离

其实
相遇与别离之间并不存在
尝试的意义
这恐怕就是人们通常所说的
缘分吧

我曾在书中读到
一个纷飞盛行的季节
最不适宜漫步街巷

要么须拿道旁青草
紧锁双眸

墙壁上大红楷体字这样写：
勿闻笑语！
我体会啊
亲热得不肯松手的
往往在柔软的流转波光间
发硬　丧失热情
当然了

也许在那个时候
你还不会知道
树枝上越吹越少的柳絮
早就预示着

那令人哭笑不得的
多情总被无情恼

分 担

穿越长街短巷
辽远与苍茫

来到一座庭院的门前
垂下手　默不作声
我不是在等谁为我捧来佳酿

不是来给你诉说一路荆棘的风光
不是来给你诉说明天的灿烂
那些灯光和音响

不是来为你描绘开满鲜花的田园
不是来为你讲述
夜晚灯盏晴朗
我在此长久等待
情愿在静默的时光里

随等待一起生长

请你相信
我仅仅是想
分担你那些
美丽的惆怅

阵 雨

阳台的鼻尖
是谁　挂起了一幅灰白色的苇帘
打雷了　阳光在乌云后
挣扎呐喊

电视机里　别人的故事
欣喜和悲怆在上演

最终　你将从睡梦中醒来
而那时我已离开

我只想带你看雨

我只想带你看雨
就像燕子在冰凉中寻找
渡出灰暗的船

走出屋檐
这是一幅画
你是否会怀念一个
不带伞的少年

天好热

车要北上还是南下　天好热
你也不知道最终我们是东往
还是西去

天好热，这一列火车里
我隔着盲眼的汉子
和傻傻的女人　隔着一捧危城
给你打电话

为什么是无人接听？
天好热　我都不能说出来
你离岸那么近
我离你那么远

总抵不过一生漫长吧
我稍候再拨好了　天好热
这车上这么吵闹
只要你不埋起脸就好

诉 说

假如你深恋我
如我深恋着你

假如那个季节你
遇见了我 而不是他

就算这个夏天残忍
我也会娓娓向你诉说情话

我曾以为你是我生命中的飞天
我愿意为你奉上我感情的心花

思念和眷恋不要在守望中老去
不要老去
如年轻时双眸中的光华

我无法在走向你的时候
步履从容
但我愿意在你转身欲离去的时候

轻轻挥手
生命中本来有
许多次　牵手
和分手

分手是个形容词

说出分手这个词，很艰难
读出来，流起汗
在早些时候
我把它当成镜子吊诡的哭号
但当我靠近
我把它，读成一洼水
当成远去的铃声
一只银饰，或者暖水袋
这些年来，我将这个词语
竖着，倒着，反着
都没有找到当年破碎的声音
汗水干了的时候
我就穿起鞋子，用手环成一只喇叭
我看见，一个行色匆匆的人
背着黑云和泥水，一步不落地
不紧不慢地，走来，或者
我们该关心的是如何交谈
要么什么也不说

我见到的分手，是一个形容词
它戏谑地坏笑
说你还少一点耐心
我还不够冷静

你知道雨

你知道雨
可是你知道不知道
今天
我这里下雨

我知道雨
可是我不知道
今夜你那里
有没有下雨

雨湿润了天空
雨打湿了草地
你知道雨
是多么让人感觉到
单薄的东西

雨模糊了玻璃
雨清晰了呼吸
你知道雨

是多么叫人接近
温暖的东西

我知道你知道玫瑰
你知道我信仰爱情
因为你那里曾下过雨
或者你也爱着我
道理如此简单
是的 你知道雨

思念的味道

白纸浸透相思的苦涩
笔尖寂寥
翻转一个人的干戈

这个秋天
是雨水的盛宴
思念的味道也随之湿润

有没有听见帆被大风鼓动
月满舷窗
那令人难以忘却的风景

岁月押韵
水火无情
昨天有不少的霎时冲动
今天有太多的情不自禁

牛肉面

生得条理分明
也难免乱成一团
不是你搅的？
生活盐碱了我
我滋润了谁

清晨晌午或者月上柳梢时
只要你愿意
我从来毫无保留
奉献我一贯的温度
以端着的姿态
坚持做一个名词

加一勺红油辣椒
几滴香醋增味
多点你也隔天就忘了我
再多点我就变成一碗
难以下咽的
坏的牛肉面

云门寺

此刻我核实了一位姑娘
正是我命里的大劫数
而她无视我内心的狂澜
弯腰深嗅一丛茉莉

可是茉莉也该庆幸接近了她的芳菲
是路过
但我虔诚降服
佛啊
请了结这沉迷
于青萍之末
近些年我已忘记如何狼狈

我不愿低于草芥和微尘
低于您座前的睡莲
心似千瓣
海会塔顶是否隐藏着她遗失多年的
一节爱情
我踉跄地徒步攀登

这假设辉煌又沉重
抗拒着姑娘美丽的蛊惑

云门寺你拒绝回应　拒绝
用回答抬高我朴素的爱慕
我甚至听见
一个男子从远方迎来说
恶灵退散但给我这火
若干年后　她将是我的新娘

哪怕焰火并不理解灰烬
我心甘情愿咽下这澎湃

一太孤单了

一太孤单了
让我们从二开始吧
我有两只迷蒙的泪眼
不轻易被你发现
你轻轻皱三下眉头
第四天，我们一起摆一桌五个碟子六个碗的盛宴
七天是一个星期
你是第八个，我的公主，你不要昏睡过去
小矮人也知道我不是白马王子
我难以用剑柄轻轻敲打你的窗棂
我要用九支粉笔写满天空对天空的呼唤
然后用第十根手指写下你的名字
倒退十一年也不会回到侏罗纪的梦里
十二岁那年你满手梦想的水雾
南方太热了，十三只大雁要回北方过暑假
你问我：梦想的水雾是什么形状？

另外一只大雁是孤单的
因为它是第十四只　虽然我尽量在避免提到一

我说过，一太孤单了
让它爱上第十五只大雁吧
就像单数的我无可救药地爱上了你
我们是否会在争吵过十六次后渴望
第十七次的重新和睦
倘若十八年就足以重塑一条好汉的生命
你和我都已经太苍老了
请允许我用一只手温暖你十九岁冻红的鼻尖
可能你到了二十岁就真正长大了
时间还早，你足可以从容地醒来
从容地离开
一太孤单了　我已经尽量在避免提到一了
那么，我祝福你爱上另外一个人
在厌倦我以后
或者离开我以前

/ 第五辑 / 尘世断响

这不正是我想要的生活

陌生的脸庞
点水的蜻蜓
这是滑水的目光的旅行
温柔露水怎么样才能
平静呼唤我乐意用生命捍卫的玫瑰

小麦的远远成熟就能催生这个城市变得熟悉
这不正是我想要的生活
从远方的过去走向未来的远方
船沉默　信仰上升 这不正是我想要的生活

这个城市的许多人都在写诗

一人一匹瘦马
在自留地里
水壶在低吟
你听这座城市
许多人都在写诗
期待领地能宽敞起来

没有月亮的夜晚
是一方淤滩
芝麻开门
芝麻开门
这个世界
下雨或者没有下雨

我决定放弃挣扎的姿态
让鸽子灰从眼底流干
痛苦越庞大
越值得好好地把它
好好保藏起来

听火的心跳

114

明天是一场电视剧

坐在明天的沙发上
你看今天是一场电视剧
不管这个时候 多么用心地爱
用力地哭
多么矫情地感慨
忧心忡忡
都只是引人发笑的剧集

可是我讨厌他们像
出了家的和尚
我憎恨她们像
李莫愁和灭绝师太
装什么啊
欲语还休看破红尘一样
该惶恐的时候就
认真惶恐
该紧张的时候就绝不掩饰害怕
为一个人我可以和整个世界决裂断
为一句话我宁愿和所有人翻脸

我的爱情比光明还要珍贵

左手握着姑娘的手
这一边有我狂跳的心
右手捏着刀子
一支刀把也够我把明天的结局试探

世界是一片玻璃

猩红的车尾灯
是败走疾走的兽的双眼
在这个城市自以为是的大地上
我的理想是孤僻的杂草一株
是音尘几粒
偶然也合音轰鸣
那橘黄的灯
高高悬起
守护每个搬运的努力
集合所有雨水
云彩和音符
你听　你看　你说
世界是一片玻璃

让寒冬紧紧搂抱流水
让少女在战栗中诉说
让美梦无望行走天涯
所有的自由是遗憾的
对生命　我难以直呼其名

从很久很久以前来到今天

比如一场午夜的电影
我的等待是抑郁的上弦月
宁静地等待你
来照耀渐渐昏黑的坡地
你说月亮圆了　又缺了

比如一首寂寞的欢歌
在攘攘尘寰中
挥起手　走过浩漫跌宕的生存布景
蒲公英开始消融
我说我的秋天也留给你

比如一次醒者的梦呓
我有一颗拯救大树的心
用心地抽噎　使劲地点头
沸腾走过朝霞满窗的清晨
走过青铜苔藓
走过布满脚印的大地

栉风沐雨　鼓掌
人面相对　要么心在天涯

我们都是从很久很久以前
来到今天
仿佛
一滴尊贵的露水说
我邀请温柔地怀念
梦成一只锈满金色
盛满芳菲的酒杯

是决定的

这么大的一只花腿蚊子
我爸爸说　这么长的腿
他伸开食指和拇指
冲着我　瞪大眼睛说
昨晚差一点点被吃了

夕阳西下的山下
坐在锦鲤池边
我看到一只蚊子的盘旋
我爸爸在千里外的地方
天下的蚊子原也是一家

他当时还笑了笑
他说哈哈
有的事情是被谁决定的
那是个早晨
朝阳初升
我没想过我会因为一只蚊子
怀念起家庭团聚时的景象

听
火
的
心
跳

120

你在高原

我已经忘记发过的誓
那么多次
争取下次记得发誓的
时间、地点、起因和冲动

成为优雅的男人
有一天
深沉如海，城府深深
夹起一支袅袅升腾的
香烟　我还要忍住恶作剧地笑

你在高原
我要去高原
我决定怀着这个梦想
一直到这个梦想破碎
到不想去
我再换个地方

第五辑　尘世断想

121

在潮湿的天翻报纸

有两个人被公然找寻
还有一个名字被当作郑重声明的题头

在难过的一张新闻纸上
罹难的行人
抑郁发作 慨然出走的大学毕业生
一米七左右的无名约三十五岁男子
还有八月身孕的湖南女子唐子翠

最近几天是天气返潮的大霉天
墙皮凹凸 坐在值班室的椅子
轰鸣的机车从马路弥漫过来
下午四点的阳光被风扇生生吹凉

翻过雅诗兰黛的女神
越过张大嘴傻笑的明星
这些不幸而陌生的人
这么多不幸而陌生的人
上火 我的牙有点疼

然而 A22 版说　荷兰有一个女囚
用勺子挖地道越狱了
抬起头看天
白云原来一直在拼命奔走

啦啦歌

您有一项新礼物
啦啦啦啦啦
请注意查收
我正要唱一首倔强
又觉得自己有点轻狂
啦啦啦啦啦
生命是一首荒唐的歌
我多希望比潇洒的心肠更冰凉
一无所有比困难更快乐
酒也不能阻止成长
好运常伴左右

幸福缭绕整个严冬
啦啦啦啦啦 那将是多么扯淡的空间
要决绝地走出屋檐 把昨天装扮也不能
把未来渲染
查收了你的诅咒我仍旧拒绝
微笑着诋毁生活

啦啦啦啦啦
我是不解释的小草
我不是随便的花朵

PVC

夏天更加黏啦
路灯的光也够稠的
不让我看云在走

忙碌的周三吗
周四就不忙吗
可是　都忙了些啥啊

我已经老了
妹子都要叫我大叔了
还没沉稳起来呢

不是说不沉呵
够沉了　太沉了
压得睡不醒来

风雨雷电也没法拯救
我开始爱上花生米呢
茶叶忽然就塞了牙缝

去年买的表
我也不想戴
歌词却意外响起来

孩子和麻雀同时说话
用心谛听
已然回不到那天

十二月的蚊子

我看到你安静地截击命运
或者被命运伏击
再来挣扎几寸时光
世上还有热风
热风不属于你

旋转木马

坐在前面那个位置
六十年头发尚未白透
父亲手把木马的握杆
背着紫色的双肩运动包
里面装着我儿子的奶瓶和尿片
引领着我们围绕着什么旋转起来

我曾多次想走在他的身前
此刻觉得跟在后面也挺好
扭过脸来索取一个微笑
父亲有没有得到孙子及时的反馈
前一秒我这样担心
他是否也曾这样笑对我
后一秒就想起他曾抽过我的几个耳刮子
我给自己三秒整理心情
木马咳嗽般起起伏伏
我父亲暂未白透的头发
就像套了一顶白色毛帽子
或者天下起了雪

坐在前列的他应声中弹

这时光有点短

木马脚下的钢钉

使追赶全无可能

飘飘忽忽的我的思绪

追逐又躲闪着父亲的背影

老人家的烟抽完了

当旋转木马的电铃响起

选哪个牌子让我有点为难

雷

轿车的白
被吓得哭叫起来
一时雷电
一时风雨
屋里的我才被强盗了东西

睡眠灰飞
迷思烟灭
你在昨天就已离开
怎么我现在才醒来

壁　虎

潜入我的小屋
连招呼都不打一个
猝不及防　讶异惊惶
拖鞋书本都不在手边
昨晚是嫦娥三号发射的日子

我等的怎么不是一朵好姑娘
肉色的壁虎像只丝袜
贴在墙壁不停
向上　也叫爬
睡眠因此破角并抽搐

梦中的稻穗
在清风中摇摆
壁虎酝酿着谷物的谋杀
重估一诺千金的话
渗透了脚踏实地的丰收

留下这房子

我决心笑着想是自己误读了世界
误读了晨露的滋养
双唇自此沾满冰凉
期待大树蓬勃生长地平线拉长

失 约

所有的电池
都不耐用
所有的晚饭、早茶
都会凉
油炸两串星星
打你一恐龙
认真，你就输了

每一个梦
都会醒
每一个醒来的人
都会重迷旧梦
一撮黑色胶囊入肠
点两次由衷的赞叹
不等，就不会失落

急诊室

这才适合我的表情
如水消失于水
砂混于泥
长廊的靠椅是难得的
免费　谛听生长或衰落的哀号
星期二晚
大夫的门外
母亲和儿子　母亲和女儿
或其他的关系纷纷絮语
此地有重度雾霾

我隶属于最特别
尽管没有拍片也知道
身患隐疾久矣
打量我就能收获我毫无敌意的
回望屈起手指
才能计算我的年纪
举着火把的骑手遗落一地马蹄
一个父亲逗笑了幼子
穿黑衣服的人走来走去
沉默无语

草 莓

只是一团冰凉的火色吗
你带着黑头和酸甜
默默等待采摘
以迁徙的姿态深入大地

化为乌有
或者经过舌喉进入人体
被消化 你是被食用的鲜花

在黑暗中也是 一样的红
搜肠刮肚
你染红了我的脏腑
渲染几乎所有思念

有个坏消息
昏沉的夜要笼罩睡床
有个好消息
我正从迷梦走向清醒砥砺

117

11 月 7 日我忙透了
最美环卫工人邓锦球
明早第一个从领导手里接过奖杯的
女人很早就到了　足有四十岁那么老
我还是多少有点失望
幸好是彩排。我建议她登台那天
换上崭新的制服
学着挥手走上舞台中央
那片红
是这座城市对她三个月前
义举的褒奖

搭台背景展览音响师迟到
座椅主持主持词讲话稿没搞
人们或者愤懑或者幽怨地
等我来安排一切
搭积木似的　我东奔西跑多少有点支绌
有这么做事的吗
我发了火

所以一定是也怠慢了
所有人特别是邓锦球

当天色渐渐昏暗
满含歉意的我说
除了奖杯还会有一些物质奖励
邓锦球焦黄的脸突然现出愠怒
就像微风中响起一个炸雷
好比一万个人同时喊：呸
我又不是为那些
扭过头　像是表错了情我有些尴尬
周围没有人　幸好声音也不大
其实没有必要为此激动不是吗
坦率地说　这样言语交际的失控局面
已经没有发生过好久

后来就没有什么了
忙活完了就云淡风轻
如临大敌其实草木皆兵
绝大多数人
只记得那些拍手热闹或许已全都忘掉
惊心动魄的邓锦球的小小的发飙
如果不说只有我一个人
知道也绝难忘掉

有时候　我真是俗透了
我该送她我家乡那红艳艳的枸杞
或者一顶帽子和一双鞋

然而我都没有
每想起一次她的名字
都会把自己狠狠检讨一回
这是繁星满天的明星时代
而我想做个忠于内心的小人物

从前的事已经过去

把孤独留给寂静
把星星留给云

把你留给梦
把我留在大地

耳畔是呼啸的时光
脸庞布满夜晚溅起的泥土

指尖是遮不住肤浅苍白的修辞
或者说　是微风拂动了风铃的锈迹

远去的故事是模糊的容颜
隐藏着许多未曾开口早已心酸的结舌

分行说话是漫天的雪花
在飘洒　也融化

逝去的光阴是腐朽的根须

仓促的遣词不是闪电是闷雷
河流从沙漠中突围
就是挺进希望遮起的睡眠

然而从前的事已经过去
然而从前的事已经过去

成　全

我要走
我会走
但我情愿留一盏灯
生命是如此的空

而始终离得那么远
我和你
把黑夜的长发绾起
微笑却心知肚明

不发一言
拿掉电池和天线
和鸽子一起来看我
在梦里来看我

赌　徒

六月的黄土高坡
我那一捧黄土中央的故乡
瓦蓝瓦蓝的风
还有白杨树俊俏的叶子
为拉低天空的燕子鼓掌
这是一年中难得的欢畅时光

二月的黄土高坡
只有几只麻雀在天空闪烁
呵着两只冻成了红萝卜似的拳头
我看砖瓦房的烟囱寂寥地吐着烟
燕子据说在从南方飞回来的路上
那时的冬夜我们一熄灯就能睡到天亮

八分钱的邮票足够邮寄
一封平信的年代
我已把自己的未来顺风给了
小学课本里的另一半插图
后来我用一段青春换了一段纬度尘

成了把岁月押给了水泥和电压的赌徒
输了所有还是赢得了局部
我还在摇晃与城市对赌的骰盅
在这里我没有戴过手套
在这里我没有见过冬天的燕子踪迹
这就是开了又关的灯
这就是忽隐忽现渐行渐远的风

奔跑并快乐着

——张戈的诗意世界

冯雄

有人说过，解读一个人是困难的，解读他的诗歌更是危险的。可我始终认为，一个有个性的诗人和一首好的诗歌都是可以解读的，也是值得解读的。即使现代诗歌热衷于形式上的所谓创新，热衷于炒作，倾向于个性抒写，但是诗歌抒情言志的本性是不会改变的。比如张戈这个人和他奉献给我们的诗集《听火的心跳》。

一

和张戈相识缘于师生缘分，我是他的高中语文老师。给我印象最深的是，那时的他喜欢打篮球，司职后卫，把场上五个人的竞技游戏组织如行云流水；他话不多，人缘好，周围常有一帮朋友；偶尔通过课堂作文能发现他优美的文笔。我们相处的时间很短，一年以后他考入了大学，以致他都快要从我的记忆中消失了。忽然有一天他加了我的QQ和微信，我们就开始聊文学，谈诗歌，话文坛，他对于文学的痴爱好像胜过一切，尤其是对于一些文学现象、文学主张或者文学观点，都有他独到的见解。大学生活仿佛使他如鱼得水，他的阅读世界有所拓展，他的文学视野更加开阔，他的写作练笔越发勤奋，他与我分享着他的诗歌，他的小说，他的诗歌朗诵会，他的获奖消息……我也是一位诗歌爱好者，在我所有的学生中，他是最关注我的作品的人。2010年我的诗集出版，给他寄了一本。他读得非常仔细，喜欢的篇章几乎也是我最得意的，当得知他远离家乡，在遥远的南方工作生活，成家立业，我也感到十分欣慰。

二

其实对于一个人的印象，并不基于每天的相见。我和张戈从他高中毕业后再没见过面，但我们彼此却感觉经常在一起，这一方面赖于网络和通信，但更多的是共同的志趣和心灵的相通。是诗歌和文学延续了我们的师生情谊，好像只要谈起文学，就有聊不完的话题。我在他身上，时常会发现自己年轻时的影子，敏感、性情，偶尔还有点小小的狂妄。这也许是他的本性，正如他的善良与悲悯情怀。每每看到他在火海里奔波，救人于水深火热之中，就觉得他是一位英雄。看到他的诗歌，又觉得他忽然间成为一位感情细腻的文艺青年。2012年的时候，他从遥远的南国给我寄来一大包养生茶，嘱咐我注意身体，他的细心和周到由此可见。

三

现在回到他的诗歌。当我拿到他的诗集初稿时，尽管我已经有了多年交往的心理准备，但我还是诧异于他诗歌的真实与纯粹。从内容上来说，他的诗歌基本就是他生活的轨迹。从早期校园里的青春印记，到走上工作岗位以后的火热生活，从对故乡的浓浓思念，到自己对现实生活的深入思考，都流入它的笔端。"在台灯和写字台前／像一支刚削开头的／红铅笔那样／义无反顾地开始成长"（《那时我们年少》），那种青涩的成长过程，是那样执着；"我无法在走向你的时候／步履从容／但我愿意在你转身欲离去的时候／轻轻挥手"（《诉说》），那种对爱情的决绝，又是那样淡然；也有某种失意以后的迷茫，"可否你在转身时／让我仓皇逃走／疼痛是一份太具体的考卷／我答不出个所以然"（《香蕉和苹果》），更有"就让这清澈的天／化为水／从我的眼底流出／流过三千八百里的阻隔／打湿你的衣襟"（《非梦》）这样的浪漫。我特别推崇他的那首《一太孤单了》：

一太孤单了

让我们从二开始吧

我有两只迷蒙的泪眼

不轻易被你发现

你轻轻皱三下眉头

第四天，我们一起摆一桌五个碟子六个碗的盛宴

七天是一个礼拜

你是第八个，我的公主，你不要昏睡过去

小矮人也知道我不是白马王子

　　那种对于青春的畅想和对爱情的渴望，巧妙地用形象的数字具体化，把感情隐藏在对日常事件的娓娓描述之中，使读者产生强烈的共鸣。

倘若十八年就足以重塑一条好汉的生命

你和我都已经太苍老了

请允许我用一只手温暖你十九岁冻红的鼻尖

可能你到了二十岁就真正长大了

时间还早，你足可以从容地醒来

从容地离开

这样的诗句，让多少人重回自己的青春时代啊！

对于一个北方人，工作寄寓于南国，对于故土的思恋之

听火的心跳

148

情是无比浓烈的。"我是一段行走在赣西的西北植物／雨露和微尘迎面而来／从暮鼓到晨钟／从温暖炎夏走到清凉寒冬／我没有春华和秋实"（《甘草》），从甘草的身上，我们看到的是诗人个性中的坚韧；而在《在没有飞星的夜晚》中，诗人写道：

"把背影留给自己的那个远方／乘夜舟去看一两朵花红／匆忙却也从容"，这一切都缘于自己是在"另一座城市"。每位诗人都有他自己的一个生理坐标和心理坐标，一旦像胎记一样烙印在你身上，你的一生或者你的创作将永远挥之不去。

你扎紧一身

生命的绿

和这群面容坚毅的人一起

像黎明的芳草泣露

在骄阳似火的　灰色的

水泥训练场上

汗水晶莹

评
论

看到这样的诗句，我知道张戈进入了另一种尘世的生活，就像他在诗中所说，"默默地扎下根／义无反顾地开始／人生第二次生长"。张戈是热爱生活的，比起早年的青春懵懂，听火者的生活让他成熟了不少，诗艺也日渐成熟。在他的诗中，叠军被是"把梦里的故乡叠起放好"，消防用的"水枪好比橡皮擦／拭净每一张笑脸／还原每一个黎明和傍晚的韶华"。在他的眼中"我的世界不是钢板／一块我温柔的祝福／将填满崎岖前路的坑洼／我缱绻的祈祷／将温暖每个疲惫的梦"这正是"我想要的生活"。我觉得，一位把笔触始终深入大地的诗人，才是真正的诗人，那种把自己圈在小小的象牙之塔之中，不关乎窗外风雨的人，永远成不了大器。

四

关于张戈和他的诗，我也只能说这么多。他永远在奔跑着，在南方和北方之间，在听火者和写作者之间，在生活和诗歌中，寻找属于自己的快乐。正如他的一首诗题《明天是一场电视剧》，我期待着他的明天是一场精彩的大剧，在高潮中有落寞，在落寞中有奋起，在奋起中有成长，在成长中有疼痛。随着年龄的增长和岁月的历练，纯熟的诗艺和美好的诗歌在等着他！

诗人用什么穿透现实

刘旭东

为张戈的诗集写评论是困难的。说实话，我对他这个人的熟悉程度远远超过对他的诗。当一字一句把这本《听火的心跳》读完，我发现动笔更难了。因为每读一首，脑海中就会自动去搜寻他写这首诗的大概时间和在那个时间他身上发生的事。我说过，我对他太熟悉了。不是说要写客观中肯的评论，就要把作者从他的作品当中剥离开来吗？或者用句掉书袋的话，作品一经写出，就不再属于作者了。但我依然无法把他坚毅的神情、执拗的个性和因胃病而产生的疼痛，从他的诗行中抹去。好在知人论世依然没从批评家的辞典中删除，那么，就从他的胃痛开始写起吧。

一、理想主义者的疼痛

　　大概在 2007 年，那时我还单身，住在一幢建于 20 世纪
80 年代的红砖老宿舍里，他一有时间就跑我房间聊诗歌和
电影。聊着聊着，总能发现他脸上因胃病而导致的些许痉挛
的表情。那时他的人生刚受了些挫折，对周遭的世界有些怒
气冲冲。所以我常常陷入一种恍惚，他的疼痛到底来源于胃
病还是生活中的不愉快，或者两者皆有。正是这挥之不去的
记忆，我在他那一时期的诗歌中总能发现疼痛的印记：

　　我需要一种药品／在疼痛的思索中／拯救我支离破碎的
睡眠（《我的理想》）

　　田野里的老鼠／痛苦地思索泥土的芬芳（《十月》）

　　那些升腾又降落的微尘／我的疼痛尚且羽翼未丰
（《十五号，星期六，十四行》）

　　可否在你转身时／让我仓皇逃走／疼痛是一份太具体的
考卷／我答不出个所以然（《香蕉和苹果》）

　　当然，至此可以确定诗人是疼痛的。我只是想知道，这
种疼痛到底源于何处。张戈不是一个愿意囿限于象牙塔中的
诗人，即便在他青春期写的那些诗歌，关于风花雪月的句子
依然不多。旺盛的精力让他充满入世的热情，甚至不乏锋芒。
正如他诗句中写道："我们在／四周荒草茂盛的那片空地

上／在麦浪起伏的田野边／在漫天飞舞的斑斓的肥皂泡下／在台灯和写字台前／像一支刚削开头的／红铅笔那样／义无反顾地开始成长"。"义无反顾"正是他那时候的生命状态。或者说，"义无反顾"是一切理想主义者的生命状态，而张戈正是一个理想主义者。他写过不少关于理想的诗，比如那首我相对偏爱的《甘草》："我是一段行走的西北植物／雨露和微尘迎面而来／从暮鼓到晨钟／从温暖炎夏走到清凉寒冬／我没有春华和秋实"。来自西北的张戈注定要以一株甘草的形象来追寻他的理想，因为"甘草的梦总不比夜长／甘草的昼也从不比夜短"。我以前说过，一个优秀的诗人总是和他周遭的现实保持着紧张的关系，我更想补充的是，诗人之所以与现实的关系紧张，是因为现实对他们的真诚、热情总是视而不见或沉默冰冷，他们的理想也往往被现实的冰冷撞得变形，甚至支离破碎。于是诗人们开始感到疼痛。张戈感受到了，并用一首《乌鸦》来呈现这种理想与现实的撞击：

流入墨夜

盘桓在天上

面对死亡

报以尖锐愤怒的呐喊

生得漆黑

却是光明坦荡

宁被视作不祥

驻扎在营养贫瘠的高处

宣布他们看到的可怕景象

因为诚实

注定遭遇累世的枪击、诽谤

　　乌鸦的意象漆黑、孤傲、愤怒，被视作不祥，其实只是真诚不被世俗理解，理想被现实诽谤。顾城说："诗就是理想之树上闪耀的雨滴。"这话只说对了一半，诗的确跟理想有关，但未必如雨滴，还时时闪耀。"或许诗人应该首先把自己从痛苦中拯救出来，然后再来申诉我们的痛苦。"作家虹影倒是直截了当地指出了诗人的本质。诗人本质上是痛苦的，因为他有"一颗不肯媚俗的心"。

二、一颗不肯媚俗的心，或天生骄傲

　　写诗是困难的。过于直白，往往一览无余；过于含蓄，又可能失去读者。再执拗的诗人也无法死守内心的秘密。这真是写作者的尴尬，既担心别人看懂他，又担心别人看不懂他。于是读诗也变得困难，在那些纷繁的意象与意象之间你如何搭上一根天线。这时我开始庆幸自己对张戈是熟悉的，因为我只要闭上眼，循着一个声音或是一种气味就能搭上那

听火的心跳

y

154

根天线。对，就是那次朗诵会，当张戈以一己之力办了他母校首个个人原创诗歌朗诵会，当他最后不带任何技巧地读了那首《一太孤单了》，我就看出了他的骄傲。

骄傲的人都是孤单的，或者说，孤单往往源于骄傲。张戈不只骄傲，还从不掩饰。在《一颗不肯媚俗的心》中，他这样形容他的骄傲："我吃了一个／两个／三个苹果／怎么可能／我把辉煌留到明天"。在中国人为人处世的信条里，这样的人格类型是不大容易被人接受的，诗人自己也十分清楚："我承认有的时候／我不会像你们想象的那样正常"。然后他把他的理想外化成棉花糖和铁屋子的意象："于是我的棉花糖被如此迂回地放逐／于是我顶着铁屋子上路"。周遭世界在他眼中不过是"满地的畅销书"和"吵闹的剧场"，他选择的是"影子只留在自己的诗行旁"。叶慈曾经说过："我们与他人争执，产生了雄辩；与自己争执，则产生了诗。"张戈在本诗中的态度倒是与之惊人的相似："当盲鸟们的喧嚣遮蔽了整个天空／我仍然撇撇嘴／不去看那些和西风辩论的人的模样"。他骄傲到不屑与人争执，他在诗里与自己辩论。

电影《三峡好人》里，当山西人韩三明来到重庆找到自己的前妻幺妹，第一句话就是"我孩子呢？"幺妹说："在南方打工。""这不就是南方吗？""在东莞，更南的南方。"2008年，张戈去了比江西更南的南方：深圳。永远在别处，这正是诗人的本性："或是另一座城市／另一种焦距／在温暖的生活里／也要／默默忍耐绝望"。（《没有飞星的夜晚》）来到另一座城市的张戈是欣喜的，他"走出地铁的出口／兴奋得不愿再回头"。但随之发现，城市再大，美好再多，那也是别人的，面对深南大道，他又恢复了缄默：

> 来自田野的少年双眸
>
> 没有伞和欺骗
>
> 没有闪烁的摇头拒绝
>
> 没有疲惫地穿越
>
> 石头般的缄默
>
> 堆放在深南大道边
>
> 深南大道的路边
>
> ——《深南大道》

从西北高原到南方小城，从南方小城再到南方大城，骄傲的诗人再一次感到疼痛，除了依然是理想得不到伸展外，更增添了幼小个体面对庞大城市的惶惑。张戈惊讶地发现"世界是一片玻璃"，在这片玻璃中，"猩红的车尾灯／是败走疾走的兽的双眼"，"我的理想是孤僻的杂草一株／是音尘几粒"，诗人不禁感叹："所有的自由是遗憾的／对生命／我难以直呼其名"。（《世界是一片玻璃》）这种疼痛的抚平要等到理想与现实的诗意会师。

三、诗意的会师

张戈骨子里是个诗人，无论是生活里的桀骜不驯，还是诗行中的卓尔不群，都在证明这一点。所以当他选择"扎紧一身生命的绿"、成为一名现役军人的时候，很多人不甚理解，恶意者赌他无法忍受清规戒律，善意者怕他才华被湮，沦于世俗。张戈依然是一脸骄傲的表情："从远方的过去走向未来的远方／船沉默／信仰上升／这不正是我想要的生活"。（《这不正是我想要的生活》）而我的判断是，他入伍以后的创作（主要集中在第一辑《火样年华》）是整本诗集中我最喜欢的，尤其是这首《棉被磨人》。

把棉被叠成豆腐块是军队中再常见不过的场景，至少此前我没有看过有人把它写成诗歌。但张戈的津津乐道绝不是小题大做，因为对他而言，这是他扎紧"生命的绿"后的第一道功课。

　　　军号的一角就足够
　　　把梦里的故乡叠起放好
　　　窗外惺忪的曙光
　　　照在　那床柔软的
　　　昨夜还盖在胸口的物质上
　　　经年勾画过汉字、字母和方程的手

焦灼地　开始一团棉花的雕塑

　　学校响起的叫铃声，军队里才叫军号，军号响起，梦里再美的故乡你都得叠起，这绝对不是一张请假条就可以忽略的律令。诗人的手勾画过汉字、字母和方程，却从没做过雕塑，尤其是面对一团棉花。诗人幽默的叙事中满含的是无奈和自嘲。尤其让我惊喜的是，张戈不再仅仅满足于追求新奇的意象，而是从生活中寻找"事实诗意"，事实有时比隐喻更具备撞击人心的力量。
　　这样的雕塑对常人来说简直是"斗胆、冒险"，或者是"不符合科学、逻辑和常识"，但诗人反而劝慰自己："不是只有钢铁和白杨树／砖石筑起的长城／才拥有挺拔的魅力"。"怎么让那顽固的褶皱消失／怎么让那柔软的平面耸起"，诗人写道：

　　　　我磨棉被　棉被磨我

　　　　让血气方刚磨平棉被褶皱

　　　　也任那针脚分明的棉布

　　　　熨平我狂跳躁动的心情

　　　　这不是我的屈服

　　　　也不是棉被的妥协

　　　　这是青春与现实世界的第一次

　　　　深入交谈

这也是和美好的诗歌在深入交谈着！

如果说此前的生活于张戈而言，是理想与现实的碰撞，那这首《棉被磨人》则更像是理想与现实的"深入交谈"，或者说诗意的会师。紧张感虽然依然存在，但诗人的神情开始放松，语气变得柔和，他学会了幽默和自嘲，这一切都是因为即便理想与现实依然对峙，但也是充满善意的。正好比"我磨棉被，棉被磨我"，这不是折磨的磨，而是磨合的磨。理想主义从来都是不是单一的，当骄傲的诗人选择成为"救火的少年"，这绝对不是理想的败退，只是一种理想主义战胜另一种理想主义，终究还是理想的胜利。就好像我此前说过，"义无反顾"曾经是诗人的生命状态，这一次他依然这样选择："默默地扎下根／义无反顾地开始／人生第二次生长"。（《青春的选择》）

张戈写诗已经十五年，早已养成从生活的细微处提炼诗意的习惯；其诗歌语言有质感，既不晦涩，也绝不浅白。但我想，这些都不是写出好诗最重要的素质，能够帮助诗人穿透现实的其实是理想，而且只能靠理想。

救火的少年

徐志林

　　跟张戈素未谋面，知道他是一名军人，一名消防战士。第一次接触他是读他的诗，再次接触他，是读他的诗集。说实话，我不太喜欢在电脑屏幕前读诗，没有读诗的感觉，我喜欢手持一卷，或坐或卧，轻松自在诗意地阅读。然而允了朋友之命，我还是抽空在一个下雨的周末一气把它读完，《听火的心跳》收录的93首现代小诗，虽说不上首首是精品，但是却给了我不少的惊喜。乍看诗集的名字，联系张戈的身份，以为是军旅题材的诗作，然而细细读完，才发现除了第一辑《火样年华》中的五首是取材于军营生活之外，其余皆是作者对生命真切体验和感悟，包括对社会万象、情感世界、理想哲学等诗意地解读，给人以一种"于我心戚戚然"的共鸣感和阅读文人诗的快感，消弭了之前印象中军旅生活的严肃紧张以及作者名字带给我的剑拔弩张。

听火的心跳

诗人张戈来自宁夏，地道的西北人，入伍前是名大学生。自北而南、自文入武的经历，自然让他有了宏阔的生活背景、细腻的文字能力、不俗的生活视角，"生得漆黑／却是光明坦荡／宁被视作不祥／驻扎在营养贫瘠的高处／宣布他们看到的可怕景象／／因为诚实／注定遭遇累世的枪击、诽谤"（《乌鸦》），虽然看到生活的无奈，却没有怨天尤人，"冰峰上／一堆木柴火／跃动着的火光／升腾青烟缕缕／盲人视线里／绚烂而芬芳的花骨朵"（《我的理想》），在极寒的冰峰上，有一堆木柴火，不管是不是普罗米修斯当年盗来的那火，但却实实在在给生活在冰冷暗黑世界的人们，点燃并升腾起希望，哪怕是盲人，心中也看到绚烂而芬芳的花。视角再高远，也只是观者的姿态，而诗人不愿做生活的旁观者，用生命的温度感知生活的痛苦和欢乐，"我们容易忽略／这些皮肤、骨头和毛发下／覆盖的物质／忘记去猜度／一撮一撮的痛苦和／他们一捧一捧的欢乐"（《回家》）。张戈是诗人，也是名消防战士。作为诗人需要有火一样激情去燃烧，去感染他周围的读者，作为一名消防战士，却要浇灭燃烧的物质的火。这两者看起来很难结合的矛盾体却在他的身上很好地结合起来，让我们看到了不一样的诗人张戈，但我们却很难体味他内心世界的痛楚，"疼痛"在他的诗作中不少次出现，既是具象的，也是抽象的，但很真切，所以"我需要一种药品／在疼痛的思索中／拯救我支离破碎的睡眠"。

　　有人说诗人心中有春天，那么他笔下就会春意盎然。我把这句话理解为诗作是诗人内心的镜像。《听火的心跳》显然不是一个时期作品的集子，因为其中既有初入营房时的顽皮和理想（如《水枪好比橡皮擦》《青春的选择》等），也有成长过程中必经的挫折和无奈（如《天下了小雨》《棉被磨人》《你》等），更有跳脱营房之外，作为一名普通人直面人生的光怪陆离带来的迷惑感（如《唇语》《不忘书》和《感觉》等）和经历酸甜苦辣之后的普世之思（如《味道》《明天是一场电视剧》《牛肉面》《从前的事已经过去》等）。既然如此，我愿意相信《听火的心跳》大概是一个时期总结，一个进入而立之年的曾经少年成长印记，属于青春记忆的断想，有着跟火一样勃然跳动节奏，诗句中有无悔青春的勇往直前，"默默地扎下根／义无反顾地开始／人生第二次生长"（《青春选择》），也有少不经事的强说愁词，"苦恋一把剑／怀念童年／苦恋童年／怀念一把剑"；有直面世事后的一声叹息，"我的未来从生命之树上凋落／落成了雪花／和枫叶的形状"（《叹息》），也有经历风雨后坚强，"每天清晨我都要坦坦荡荡／不皱眉头／用心见识这个未尽的世界"；有对爱情的执着惆怅，"走出屋檐／这是一幅画／你是否会怀念一个不带伞的少年"（《我只想带你看雨》），"白纸浸透相思的苦涩／笔尖寂寥／翻转一个人的干戈"（《思念的味道》），也有失恋后的落寞慌张，"我曾以为你是我生命中的飞天／我愿意为你奉上我感情的心花"（《诉说》），"这些年来，我将这个词语／竖着，倒着，反着／都没有找到当

年破碎的声音"(《分手是个形容词》);有理想主义的不屑,
"当盲鸟们的喧嚣遮蔽了整个天空／我仍然撇撇嘴／不去看
那些和西风辩论的人的模样"(《一颗不肯媚俗的心》),
也有现实主义的自我解嘲,"有时候我真是俗透了／我该送
她我家乡那红艳艳的枸杞／或者一顶帽子和一双鞋"。

希腊神话里宙斯为了惩罚人类,拒绝给人类提供完成文
明的最后必需之物:火。机敏的普罗米修斯为了帮助人类获
取幸福,他摘取一枝木茴香,当太阳车从天上驰过时,他将
树枝伸到它的火焰里,引燃树枝并带给人间,从此人类过上
了满意幸福的生活。这是希腊神话里著名的普罗米修斯盗火
的故事。我喜欢诗集的名字,回想起自己童年时停电的晚上,
面对煤油灯噗噗跳跃燃烧的火苗,还有灶膛里燃烧稻草的火
苗里偶尔会"噗嗤"出几个大大的米花,心情一下子驰然许多,
也亮堂了许多。我猜想童年的张戈也会是个爱玩火男孩,如
果仅仅惯见肆无忌惮的火魔,是无法这么诗意地驾驭关于火
的文字。张戈一定非常了解火的脾性,一如他了解自己的世界,
"在火样的年华／我的世界不是钢板一块",在他看来火一
样有生命,只要有生命,就会有心跳,有恨也有爱,倾听火
的心跳,便有了这救火的少年会心一笑。

跋：如是而已

一

假如是在酒饭席间被人"揭发"了写诗的事，常有人夸张地大声呼叫起来。立时"严正"指出我必须多饮几杯方可，因为"诗人一定有海量，而酒后才能写好诗"。随即塞来一根香烟，埋怨"诗人怎会不抽烟！"。也有领掌起哄的，命我立即作诗一首以助兴。一时气氛热烈异常，动机可疑的眼神交换和难以掩抑的莫名欢乐轻浮四野。我露齿佯笑，只是不停摆手摇头，从来不肯就范。或者，在微信朋友圈发一首习作，不久有人留言调侃："好湿""骚客"！叫人无言以对，只是心里膈应得慌。如此那般这般，也许言者本无心，而我的修为又太不足够。然而，对诗歌及诗人的误解和奚落，在当下似乎已成为一件平常的事。我并不认为写作多么高尚风雅，但一不损人二不利己，也没什么见不得人的吧！心之所向而敝帚自珍中，包含着朝圣者的虔诚和做人的尊严。正因长久为这样的情绪所鼓动、鼓舞，在行将步入而立之年时，我发下了出版自己诗集的宏愿，并努力将其付诸实施。一年多来，我利用工作之余，蚂蚁搬家似的将高中以来写作的诗歌习作从旧本子和电子文档里一首首择出整理，发给亲近、信任的师长斧正。而自己不禁一读再读之下，29年人生画片历历在目，当时的情绪清晰可感。93首诗就像93颗铁钉，牢系着当时的心潮澎湃或忧郁悲凉，一时如病者之苏，一时如苏而复迷；一会儿有仆者之起的雄心，也时常怀疑深病久矣。

二

我的故乡干旱少雨，属国家级贫困县，被喻为"苦瘠甲天下"。因1920年的一场"相当于瞬间投下1200枚广岛原子弹"的8.5级"寰球大震"，吸引了国际地震学界的考察研究。那里四季分明，天蓝云白，树只有杨和柳，花少而易凋。黄土多，风沙大，吹得人不由去揉眼窝，总觉得唇齿间有沙子。朝地面唾口唾沫，眨眼就蒸发了，只剩下沉默而皴裂的地皮。尽管以贫困落后和苦难著称，西海固却有崇文的风尚，加之父母都是老师，所以读书自小便被我视为胜业。许是书看得多，词句记得多，小学三年级时，我写的一篇作文被登在了校园的黑板报上，令我自豪不已。每次经过，少则看上两遍，多则看上三五遍才肯离去。五年级的时候，获了学校作文比赛的头奖，得了一个多功能的铅笔盒，更激发了我写好作文，甚至当个作家的信念。那几年，有位走出故乡名叫南台的作

跋

165

家出版了长篇小说《一朝县令》。一时洛阳纸贵，火得一塌糊涂。在父亲的怂恿下，我写信给南台先生，表达了献身文学的"坚定"信念。先生回信劝说，宁夏几百万人只出了一个张贤亮，文学之路既长且艰，还是先踏踏实实学习科学文化知识。

收敛了作家梦，读书的兴趣却未受到影响。"好读书，不求甚解"，以至于将看书当作了课业之外的唯一消遣，近于痴迷，但凡沾着"名著"的，都要拿来读一读。夏天常是饭后，而冬天则围坐火炉旁，父亲熬上一罐浓浓的黑茶，母亲烤上几个洋芋，一家人轮流讲讲近期的读书心得，窗外寒风呼啸，屋内其乐融融。

以全县第二名的成绩升入初中后，我常去操场边的树荫下看书。在故乡，水是稀罕物。以至于全校师生饮、用的水，都仰仗学校操场中的一个水龙头。那时我常见一个留着长头发、戴眼镜的消瘦男子到学校操场边打水。因为他并非本校老师，举止也不似常人，所以印象较为深刻。有同学们传说他是作家。当时我心里说，哦，这就是作家。那时候的我还不知道，这手提两只铁皮水桶而颇有些落魄的背影叫石舒清。若干年后，他写的小说《清水里的刀子》获得第二届鲁迅文学奖。

三

真正开始文学创作的尝试是高一的时候。教语文的郭云峰老师刚刚从宁夏大学中文系毕业。他叫大家写篇作文，"放开了写，写什么都行"。因为教师节将近，我随手写了首赞颂教师职业的诗交差。在一个晚自修上，郭老师一个个地叫同学们上前，面对面点评。等我上前，他直夸我写得好，又问："这是你自己写的吗？"我颇有点羞赧地点头称是，一边在心里说，这还没用心哪。于是写得更用心了，也时常得到郭老师的表扬和鼓励。后来再看所谓"处女作"，实在是不忍卒读。于是我就想，这是郭老师带着多大的耐心撒下的善意谎言。人都是爱听好话的，夸他的好，他就换着法地好。跟随郭老师，我开始读《六盘山》《朔方》等文学杂志，勇敢地尝试小说、散文和诗歌的创作。我还结识了曾在第二届新概念作文大赛成人组获得一等奖的安奇老师。我们成立了"方向文学社"，我有幸成为了首任社长。

因为文字而结交的，往往是最为淳厚的情谊。我曾将手抄的厚厚一本诗托人送给蜚声全省的诗人冯雄老师指导。他不但仔细读了，用铅笔做了修改，还修书一封，以资鼓励并提出了恳切的意见。后来我有幸成为了冯老师的学生，他曾不止一次扬起我的卷子，说："这样的作文如果在高考中出现，我会给它满分。"当时正是我最低谷的时候，冯老师说话的语气从来是那样波澜不惊，但那些话呵护了我所剩不多的自尊。到了大学，校报的辛冬妹老师因为我的投稿而邀我上门做客，促膝长谈，遂成挚友，共同组建"青春诗社"。刘旭东老师开始是我在学院辩论队的指导老师，后因对文学和电影共同的炽爱，我们成了亦师亦友的兄弟，时常"厮混"在

跋

一起。在旭东老师简陋狭窄的公寓阳台上，与文学教授姚晓龙、李建军博士聊鲁迅、穆旦、王小波、普鲁斯特和米兰·昆德拉，大声背诵《孔乙己》和《骆驼祥子》。饿了抓把瓜子儿，渴了喝一次性口杯盛的粗茶，姚老师激动时常将身子往座椅后部挪一挪，以便有充足的空间挥舞手臂，令人忍俊不禁；建军老师说话常是慢条斯理，娓娓道来，但才思绵密、字字珠玑，一不用心听往往断了上下文的联系。四个人有时也抢起话头来，"我接着……的话继续说""我再插一句话……""我再补充点我的看法……"，一时却为观点碰撞出的火花惊叹，以至于半天没有人说话。这是我大学时光最美好的记忆片段。后来我们四人组织了文学沙龙，名曰"天空"。敞开门邀请全校师生一起指点文学、激扬文字。

如果迷上文学和写作是个错，难道不是这些授业解惑、至诚至性的老师们的无私鼓励和引领，使我"一错再错"？

写作曾使我难得"食之甘味，睡之深沉，衣着入时"，但带来了多少"甜蜜可资咀嚼和回味"啊！

四

我总以为，一个人的精力和才智是有限的。往往是倾注在了这头，那头势必就少了。比如我，兴趣和能量放在了读书写作上，在其他方面则往往不太机灵。我吃过几乎所有同龄人吃过的亏，可能也上过比同龄人都要多的当。我父亲曾恨恨地用拇指和食指环一个圈，训斥我：你是非要头上撞这么大个包才记得教训？典型的不撞南墙不回头！

在我读小学的时候，特别是西海固那样落后的山区，体罚学生还很普遍。家长带着孩子报名，都争相给老师纳口头的"投名状"：老师，我娃不听话你就打，往死里打！幸好那时我学习成绩名列前茅，大多时候能幸免于难。我们班上有两名同学可能省事较晚，经常被班主任用竹板子抽得青伤红印。有一次因为未及时完成作业，老师又发起火来，但并不自己动手，让全班同学排了队去抽他们的耳光。我因不肯动手被班主任抽了两耳光，后来因为下手轻又被抽了两耳光。我鼓起勇气向老师提意见：对不交作业的同学应该多予帮助辅导，不能一味体罚，因为体罚无助于他们改正。结果……耳光数加二。

初中的时候，撮土为香、义结金兰的结拜兄弟跑来说被某某欺负。那还得了，岂能让兄弟受气！冲去打了某某，第二天其家长找来学校，当众将我一顿羞臊，回家又挨了父亲一顿臭揍。没过多久，却被结拜兄弟疏离，后来听闻他与某某情同手足，令我暗暗委屈、痛心和怨愤。

高一那年我带头"弹劾"滥罚私缴的班干部，却无意得罪了班主任。他借我到校篮球队训练未参加大合唱排练而没收了我的板凳，停了我的课，指着鼻子骂同校但高我一级的姐姐，并把父母从百里之外招来。我母亲说：就是要交一万班费，别人能交得起，咱们家也交得起啊，你干吗逞这个头！

跋

我愤懑之极，摔门而去，扭身去敲班主任家的门，要问他干吗这般为难我。敲门无应，坐在老师家属楼的楼道里，我怒火中烧又感到无比凄凉。不知何故没有等到他回家。后来的两年里，全班无须再缴纳班费。

到了大学，既无老师体罚，也不需逞凶斗狠，更不需要关心班费用度，在校报和校网站发了几篇稿子，在学生会的工作也颇得老师青睐，于是有了些"小荷才露尖尖角"的狂妄，但不久即被人传说我想留校。有基于此，我的一切作为似乎都成为有所图谋的投机。我又不好逢人就讲，我从来就没有留校的打算。直到后来有人点醒了我：最早传出话来的某某，其实是最关心留校事宜的。能熟用"三十六计"中的"无中生有""瞒天过海""暗度陈仓"，想来不是等闲之辈。我虽然一时气苦，只有退避三舍。只等毕业前夕，一切尘埃落定，一干人等方才缓过神来说："错怪了你。"

现在可以云淡风轻地追忆，但在事情当口，总觉得是过不去的火焰山，有撕心裂肺地疼。我恨这世界之大，却要与我为难，为何我从不嫉妒人，别人却构陷、诋毁我？我心灰齿冷，懊恼自己痴笨，被别人耍弄。一度我发了誓，要众中无语、无事早还，对欺辱我的，要让他尝点苦头。

于是旧伤未去，又添新伤。我横下心与困厄短兵相接，不断发起堂吉诃德式的冲锋，倒活伤了自己。不知道从什么时候起，生活渐渐温柔，或是因为我不再怒火中烧，逐渐放弃了受害者的心理去抱怨。泰戈尔说："我们看错了世界，却说世界欺骗了我们。"在某一天我突然觉得，谁也没把我怎么着，都是我自己揉搓着自己。于是，我尝试用更妥帖的方式和这个世界交谈，用更耐心的方法向四周展示我的善意。然而，我仍心有不甘地反驳父亲："我是一头包过！可我现在也没怎么样！"

现在你若问我，后不后悔？说实话，我不知道。

人生没有重来，也许"看得破"，依然是"忍不过"。我从不甘心陷入"今是而昨非"的迷梦。我为我所有的行为一一买单，我从来没有想要伤害任何人。

并且，我愿意交自己这么一个朋友。

我稀罕这样的朋友。

五

虽有过彷徨，但时至今日，我仍为加入公安消防部队这支英雄的队伍而庆幸不已。我读的是新闻专业，去电视台或者报社工作是专业选择，考取公务员、教师，或到企业谋事也在情理之中。但是到部队，学着灭火救人，却是人生中难得的机缘。我不想挂着"一张被苦难、压迫、不公正舔干了生气的脸"，过缺乏生机和律动的生活，我向往英雄一样的存在。

入警之初，豪情满怀，壮志在胸的我即在一篇名为《许一个绚丽的未来》的发刊词里抒发了自己的猜度与体悟："珍视生命是人类存在的一条普遍法则。挽留自己的生命在情理之中，但这支英雄的部队中，那些义无反顾，为了人民安危不惜牺牲自己生命的勇士们，更博得了人民的钦佩和爱戴。自己勇敢战斗过的人，都爱称道一位勇士；自己没有熬过冷暖的人，不会认识人生的价值。所以，就算你因为未来而忐忑过，也不该把目光停留在雾里；就算你心头总有一点舵手的焦虑，你也不能忽略自己跋涉者的气息。多少母亲掌心的娇花在这支部队盛开为笑傲风雨的铿锵玫瑰，多少父亲翼下的雏鸟在这个集体最终腾飞成搏击长空的雄鹰。近一点，再近一点，你就能感受到这澎湃的力量，你就能为这项光辉的事业而心怀激荡！"

一晃六年过去了。我从中队到支队、总队，经历了基层指挥员到干事、参谋和专业技术干部的多层多重历练。我曾手握水枪直面烈焰，也曾手持扩音器向人们大声地宣讲关于安全的种种提醒。曾有一段时间，我夜夜背对白墙，伏案冥思，总结和计划着这支部队的过往和未来；曾几何时，我亲身来到灾难发生的地方，俯下身子查看亡灵的遗迹——耳边是家属撕心裂肺的哭喊……假如我的轻狂未改，也难以否认我经历和背负了一些沉重的东西。在面对人们进行一次次、一遍遍关于珍视生命的劝告下，我自己也一次次、一遍遍审视自己的人生和价值。

有一年，在一个交通事故现场。一个十三四岁的小姑娘被摩托车撞得面目全非，仰躺在地上嘤嘤地哭。她的母亲虽然来到了她的身边，却不知怎地破口大骂着什么。我蹲在小姑娘身边，劝慰她要坚强，救护车马上就到。她摸索着扯住了我的胳膊，紧紧握住了我的手。那情景有点尴尬，但我只有让她握着，并轻轻用劲，以示鼓励，直到急救医生到来。有那么一瞬间我有些恍惚，是不是我有些"入戏"，几近矫情了？可在别人最脆弱时候提供依靠，何尝不是消防员荣膺的最高褒奖。

有一个七岁的男孩，站在绞肉机旁看妈妈绞肉。眼见机器不动，就用手指将肉块往里捅了捅，结果整条小臂都被卷了进去。手术室里，我指挥战斗员破拆那可恶而坚固、锐利的绞肉机，我仿佛透过时光看见了这个男孩的独臂余生，忍不住冲出手术室，想要狠狠训斥这不负责任的家长。迎面而来的却是孩子父母婆娑的泪眼：警官，孩子的手还能保住吗？那也许是我一生中面对过的最难回答的问题。

我见过轻生转而求生的，我见过活命转而骂娘的，我见过彪形大汉瑟瑟发抖，我见过一个柔弱的女子在点燃自己的火光中一言不发……面对血肉和骨骼扭曲的截面，面对尸色和风，我恨灾难的歹毒，感叹世事的无常，我为死者哀悼，又忍不住想象某场灾难的幸存者如今身在何方，是否爱惜了自己的性命，更香甜地吃着面包？

但从此我难以"对生命直呼其名"，写不出关于灾难种种的哪怕一句诗行。

跋

六

不知从什么时候开始，诗人的形象与疯癫、风流挂上了钩，甚至还有一些难以自控的危险意味。有天才的诗人早早凋零，人们吟诵他们的作品，却看轻他们的人生。众人骂当代诗人的平庸，骂诗歌的无用，一边要求孩子们背诵唐诗宋词，烦闷时相约去吼一嗓子《老男孩》。

文学评论家谢有顺说，"拿新诗九十多年的成就，来和三千年的古诗成就相比照，这本身就是不公平的"，"在中国人的人生构想中，诗意的人生是比庸俗的、充满功利色彩的人生，甚至比遁入空门的人生更高一个层次"。尽管我并不以诗为生，但我珍惜自己也许"异于常人"的敏感，珍视"举杯投箸不能食，拔剑四顾心茫然"的莫名怅惘。这既没有什么值得炫耀，也不必不好意思。人生短短几十年，难在"得其所哉"。有的人深谙何时宜笑何时宜哭，何时扬眉几时低头；有的人精于迂回靠拢，及时附和，而我的愿望在凭借自己的能力，看看能否在"堂正之路"有所作为；我的幸福则是分行写字：兴起时手书，有时候是在公交、地铁，用手机记录。更多的时候是阒阒长夜，对灯而坐，伴随夜气的汇聚，排除日间烦恼，让心气逐渐平和、宁静。当笔尖滑动纸张，忘记了身处何处，今夕何夕，隐隐约约感到一种暗处的力量和一种无从追寻的声音渐渐充盈，有时甚至是到日出东方才回床沉睡，心里却是怀着一种莫可名状的安宁和满足。

从 2000 年开始学着写，也积累了不少行目。于方家，都是不甚成熟的习作，但对我个人，却是一本心灵的密码。现在，我将这十五年来的苦与乐，哭与笑幻化成的文字，与大家一起分享。也许在不久的将来，这些诗行又会酿成一坛酒，个中滋味，饮者方知。但坚持把自己的想法都诉诸文字，就不会在感慨自己的回忆乏善可陈的时候，后悔当初的不坚持。特别鸣谢拨冗作序、作评的武和平、李建军、冯雄、刘旭东和徐志林老师，感谢马先宏将军为本书题字，感谢副总编唐晴、责编姚小云为编辑本书付出的辛勤劳动，感谢生命中陪伴着我的家人、师长、朋友一直以来的宽容和关爱。这些年我辜负过许多的盛情与美意，错过许多美景和因缘，想来十分惭愧，在此一并致歉。

最后，按照消防的专业的叫法，其实不是救火，而叫灭火。但是稍加玩味，救火这个说法多有意思。火灾其实是时间和空间上失去控制的燃烧，因此谓之灾害。火本身并没有错。回想这些年来，我莽莽撞撞从宁夏到广州，始终保持着一股不知从何处来的深挚热情。这热情蕴含着对过往的珍惜流连和对未来生活的憧憬。所以我救火，也始终呵护着心里头这团火。是为诗集名《听火的心跳》的由来。

如是而已。

跋

175